锋芒

FENGMANG

唐风探案笔记

唐风 著

台海出版社

图书在版编目（CIP）数据

锋芒 : 唐风探案笔记 / 唐风著. -- 北京 : 台海出版社, 2022.5
ISBN 978-7-5168-3257-8

Ⅰ. ①锋… Ⅱ. ①唐… Ⅲ. ①推理小说－小说集－中国－当代 Ⅳ. ① I247.7

中国版本图书馆 CIP 数据核字（2022）第 052003 号

锋芒：唐风探案笔记

著　者：唐　风

出 版 人：蔡　旭　　封面设计：小　乔
责任编辑：徐　玥

出版发行：台海出版社
地　址：北京市东城区景山东街 20 号　　邮政编码：100009
电　话：010–64041652（发行，邮购）
传　真：010–84045799（总编室）
网　址：www.taimeng.org.cn/thcbs/default.htm
E－mail：thcbs@126.com

经　销：全国各地新华书店
印　刷：杭州日报报业集团盛元印务有限公司
本书如有破损、缺页、装订错误，请与本社联系调换

开　本：880 毫米 ×1230 毫米　1/32
字　数：154 千字　　印　张：8
版　次：2022 年 5 月第 1 版　　印　次：2022 年 5 月第 1 次印刷
书　号：ISBN 978-7-5168-3257-8

定　价：45.00 元

目录

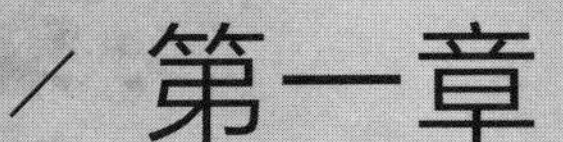

FENG MANG
TANG FENG TAN AN BI JI

我们都是证人：众目睽睽之下消失的女人

唐风探案笔记

第 1 节

皮箱里的诡异面具，到底是做什么的

一个女人凭空消失了，消失得无影无踪。

这可能是我警察生涯里碰到过的特别离奇的案子之一。

我之所以对这个案子印象深刻，直到现在想起来还毛骨悚然，是因为我曾经亲眼见到这个“已经消失的女人”在厨房里做饭。

后来我才知道，原来那个时候她已经死了。

一切都要从我出任务时偶然发现的一件事开始说起。

当时，因为接到一个紧急任务，我临时住进了市中心的一家豪华酒店。这家酒店的位置十分显眼，处于整个城市最核心的商务区，周围没有闹腾腾的菜市场，也没有拥挤狭窄的小胡同，全是四通八达、笔直又宽阔的马路。酒店对面有一栋低矮的居民楼，居民楼虽然外观看上去已经很破旧，但是矗立在这种寸土寸金的地方，想来房价也一定不菲。能住在这里的，不太可能是普通的工薪族。

我这次的任务，正是监视对面那栋楼的某个房间。任务的具体内容在这里不能透露，但我可以告诉大家，我的任务和接下来要说的这个案子毫无关系。

在我住在豪华酒店的这段日子里，服务员每天早上都会礼貌地按响门铃，恭敬地把早餐送到房里，再轻声细语地问一问我还有什么需要，然后微笑着离开。

说真的，这种日子我真的很不适应。比起这里，我还是更习惯混杂着热气腾腾的方便面香味和充斥着骂骂咧咧的埋怨声的刑警队。可没办法，这就是我的工作。

直到对面那栋楼的某个房间的住户成功地引起我的注意。确切地说，引起我注意的，并不是我正在监视的那个房间的住户，而是对面那栋楼的 2038 号房间的住户。

2038 号房间的住户显然不是普通的工薪族。毕竟这年月，不是谁都能开得起跑车。

早上从酒店门口出来的时候，那辆崭新的跑车从我身边驶过。当时，车子巨大的轰鸣声吓了我一跳，我转过头，正好看到一件熟悉的暗红色外套。

不错，那就是 2038 号房的男主人，我对那张充满优越感的脸很有印象。做刑警久了，我养成了观察人的职业习惯，时间长了，这竟让我感到一种莫名的乐趣：似乎每一个经过我面前的人都是一道谜题，值得我细细揣摩。

奇怪的是，我从没见过 2038 号房的女主人。我很肯定，这是一个两口之家。每天早晨，当我坐在酒店巨大的落地窗边喝茶时，我都会看到一个苗条的身影在厨房里忙活。

开始几天，我还觉得没什么特别，可一段时间后，事情渐渐变得有些诡异起来。

从酒店望过去，2038 号房的客厅也能被看得一清二楚，我观察到，这夫妻俩从不一起吃饭，直觉告诉我，这不正常。每次把饭菜端出来后，做饭的女人就消失了，男主人慵懒地从卧室里走出来，慢吞吞地开始吃饭，有时候还会回头说着什么，似乎是在喊女主人过来吃饭。

可这个女人从没有出现过。

我待在这里已经十天了，没见这夫妻俩在一张桌子上吃过饭。确切地说，我就没见过这个女人上桌吃饭。每次把饭做好，她就不见了踪影。

一定是哪里有问题，我有种不好的感觉。2038 号房的神秘夫妻像个渐渐变大的谜团，慢慢地挤满了我的脑袋，让我有种想立刻投入调查的冲动。不过当时我还有任务在身，肯定不能擅离职守。

除非，任务结束。

接到任务取消的电话通知时，我正在监视对面的房间。电话里，同事徐胖子沮丧地低吼道：“又被那个狡猾的家伙逃脱了。现在的犯罪分子啊，都跟草原上的狼一样警觉，一有风吹草动就会迅速地逃离。”这点我深有体会，所以接到撤离的通知我一点也不意外。

只是不能再接着观察2038号房了，我还真有点不放心。收拾东西的时候，我还一直盯着对面的房间。

里面空无一人。

回到单位，我还一直沉浸在那种怪异的感觉中，甚至想冒着违反纪律的风险再去看看。作为刑警的职业敏感度告诉我，事情不太对劲。

但我很清楚，这是不可能的。我们做警察的，从一个地方撤离后，最忌讳的就是重新出现在潜伏区域，因为一旦被目标发现自己已经被监视，整个任务都会前功尽弃。

意外就在这时发生了。

那个女人，真的消失了。

来公安局报案的正是2038号房的男主人，叫李肖。他发现妻子杨芳失踪了，这才焦急地跑来报案。不过看到他的时候，我没表现出任何异常。从报案情况看，这只是一起普通的人口失踪案，并不归刑警队管，也不需要我插手。经过口供室时，我听到里面正在录口供：

“最近跟老婆吵架了？”这是同事小徐的声音。

“当然没有，我们感情好得很，况且大家都很忙，哪有闲工夫吵架？”听起来，李肖对小徐的提问不太满意。

“有接到勒索电话吗？”小徐继续问。

“没有啊！”李肖接着反驳。

杨芳的随身物品都被带走了，客厅、卧室的房门都完好无损，结合这几点，根据这类案件的普遍规律来看，大概率就是杨芳自己离家出走了。

意外的是，几经周折，这个案子居然转到了我们刑警队。到了我们这里，就不是普通的人口失踪案件了，杨芳很可能已经遭遇不测。

和转送案件的民警了解过情况后，我倒吸了一口冷气。

这个案件太古怪了。

交接的民警介绍，他们调取了杨芳出门前的所有录像，没发现什么异常。当天，她像平常一样，打扮得光鲜亮丽地走出门，戴了一顶宽沿的丝质帽子，穿着一条轻便的阔腿裤。

唯一值得怀疑的是，她手里还拿着一个中等型号的皮箱，似乎是要出远门。

诡异之处就在这里。这个看起来像要出远门的女人，昂首挺胸地走进了一个餐厅后就再也没出来。

警方调取了餐厅里的所有录像，发现所有线索都在杨芳进入后厨附近的一个回廊后断了。不知道是不是巧合，那个位置没有摄像头。

情况太罕见了，我们都陷入了巨大的困惑中。

餐厅只有一个正门，人来人往，我们问过了不少食客，可惜都没人留意到这个女人。

也就是说，自打进入这个餐厅，杨芳就再也没有出来过。

“这叫什么事？我打开门光明正大做生意，可以发誓啊，这里绝对没藏人。”餐厅老板老周是个胖胖的中年男子，正委屈地反复强调自己绝对没藏人，餐厅随时可以对警方开放，任由警方搜索。

我们当然进行了搜索，并且搜索目标远不止杨芳。作为见过这个世界上几乎所有罪恶和肮脏的职业缉凶者，我们同样做好了在那些铮亮的厨具之间找到一具尸体的准备。

结果一无所获。这个餐厅平淡无奇，无论是食物还是气味都没有异样，也没有活人或其他什么东西藏匿的痕迹。

这就太诡异了。一个活生生的人，难道真能无声无息、毫无征兆地消失？

欣慰的是，我还是有所收获的。我虽然没有发现失踪者，但从一个年轻服务员眼神闪烁的慌乱表情里发现了一丝端倪。

这个二十几岁的年轻人叫小徐，看上去有着这个年龄独有的张狂和无畏。

“你有什么发现吗？”我例行询问道。

“没有。”他只看了我一眼，就迅速地低下了头，神色有点慌张。

“想清楚了啊，要是有什么隐瞒的事被查出来，你这辈子可就搭进去了。”我直愣愣地盯着他，步步紧逼。

“我……我什么都没干。”他开始嗫嚅，嘴唇哆嗦着。

“不怕告诉你，从你们餐厅消失的这个女人，很可能已经遇害了！她来你们餐厅时拎着个箱子，现在箱子也不见了。说不定，拿走箱子的人，就是凶手。”我继续追问。

“不是……不是我干的！我只是拿了个箱子！”小徐害怕得脸都变了形，“我不知道那个女人去哪里了……而且，那个箱子我也没敢留在手里……”

这倒引起了我的兴趣，我问他：“为什么？你不就是为了偷她的箱子吗？”

“那个箱子有古怪，”看来小徐是真的怕了，“我看着害怕，就丢掉了。当时我以为里面有钱，结果没有。”

“古怪？”我马上问，“说来听听。”

“箱子里全是衣服，没什么值钱的东西。女人的衣服我也不懂，不过看上去都是穿过的旧衣服。恐怖的是，箱子里有好多面具，白的、黑的、花的，看上去非常瘆人。”小徐咽了口唾沫，“真不知道这个女的是干什么的！反正箱子里也没什么值钱的东西，我就偷偷把箱子丢到附近的垃圾桶里了。”

一个女人随身携带的箱子里装满了各种面具，的确有点古怪。我也算了解过五花八门的职业，可还是很难推测这些面具的用途。

这些诡异的面具，到底是做什么用的？

箱子被找到了，仅存的几个面具已经残破不堪。服务员小徐告诉我们，他看到的面具是完好无损的。看来这些东西在垃圾堆里被人翻捡过了。也是，这么精致的皮箱，很难不引起别人的注意。

小徐很激动，反复强调自己没有杀人。

例行查看他的行踪之后，我不得不得出结论，他说的是真的。摄像头显示，的确是他鬼鬼祟祟地拿走了那个一直放在桌子旁无人问津的皮箱，不过这已经是杨芳失踪之后的第二天早上了。查明事情后，老周第一时间开除了小徐。

排除了手脚不干净的小徐后，第一犯罪嫌疑人理所当然地落到了杨芳的丈夫李肖头上。

是的，所有的夫妻案件中，配偶都是第一犯罪嫌疑人。不管对方表现得多悲痛，警方都会对配偶进行调查。据世界范围内的刑事案件统计显示，配偶杀害对方的案件在凶杀案件中的比例高到令人咂舌。

这次当然也不例外。在合理怀疑之外，警方对李肖展开了详尽的调查，尤其是调查他在杨芳失踪期间的所作所为。

然而，李肖的不在场证明几乎无懈可击。楼道和电梯的监控都显示他的确在当天下午回到家中，第二天一早才急匆匆地从家里冲出去。

据他本人说，那天他回家后根本就没有出门，杨芳告诉他，有个很久没见的老同学来了，要去餐厅聚一聚。因为是大学女同学之间的聚会，不适合带丈夫，所以当晚李肖一个人在家看电视和玩手机，连什么时候睡着的都不清楚。早上醒来的时候，他才发觉事情不对劲，自己的妻子竟然一夜未归。

李肖马上给杨芳打了电话，发现她关机后，他的第一反应是：这个同学聚会不寻常。他怀疑，杨芳一夜不归的原因和她口中那个“全是女生”的聚会有很大关系。

怀着一种难以名状的焦灼感，李肖迅速赶到杨芳口中的餐厅了解情况。

餐厅老板老周对这种匪夷所思的事情感到相当不耐烦。谁会留意前天晚上的食客中有没有一桌全是女人的？老周努力地回忆，这才想起当天晚上的确是有过整桌都是女人的情况，而且还不止一桌。

李肖非常激动，坚决要求查看当晚的餐厅监控录像。这种看上去毫无道理的要求让老周十分愤怒，他声称没有警方的许可是不可能将录像提供给他的。双方僵持了起来，无奈之下，李肖报了警。

事情到了这一步，似乎陷入了绝境。一个鲜活的生命就这么凭空消失了，生死未卜。

那个女人，到底去了哪里？

第 2 节

令人新奇的职业：美食主播

不管她去了哪里，之前总得与别人联系过吧？所以我在接手这个案子后第一个想到的，就是查看杨芳当晚的通话记录。

一个人总会在这世界上留下痕迹。在这个人人手机不离身的时代里，查看手机大概是最快了解一个人生活轨迹的方法。

杨芳的通话记录并不复杂，一个月内只有十几通备注不明的电话，我挨个打过去后发现那些几乎都是快递小哥的电话。不过，要让这些天天奔忙在大街小巷的快递员回忆这个女人的点滴情况，确实有些为难他们了。

我又根据这个手机号查了她的网购记录，结果倒是不意外，全是女人用的东西。至少从购物清单上看，没什么怪异之处。

就在我对着一长串购物清单发愣的时候，杨芳的父母赶到了。

我从两位老人口中得知，杨芳已经很久没有和家里联系了，因为父母都远在外省，所以她平时也很少和父母走动。知道女儿失踪的消息后，两位老人第一时间坐飞机赶到了这座陌生的城市。

可惜杨芳的父母无法提供有价值的信息，通过老人絮絮叨叨的讲述，我也只能够勉强拼凑出一些杨芳细碎的生活点滴。比如她还有个弟弟，自小家境殷实，也没有吃过什么苦，过得算是顺风顺水；大学毕业之后，她通过朋友介绍认识了现在的丈夫李肖，两人相恋、结婚，一切都很平淡，好在两个人感情还不错，所以两位老人也很满意。

这条线索也一无所获，除了一点。

当我问到李肖的职业时，两位老人的脸上露出了一丝不悦，这引起了我的兴趣。巧妙地进行引导之后，我才知道两位老人对李肖的工作一直如鲠在喉的原因。

连我也没有想到，李肖居然是做直播的。

这算是一个新兴行业，一部手机和一条网线就能够让人成为一个初级的网络主播。

这种靠在摄像头前展示自己的谋生方式，在互联网眼球经济风生水起的今天像病毒一样蔓延开来。从业者在镜头前恣意张扬地用各种吸引眼球的方式博取关注，每一部手机屏幕后面兴致勃勃的看客都是主播获取打赏的潜在客户。这不仅刺激了直播者的欲望，更满足了人喜欢实时观察别人生活的天性，只不过，这种观察被明码标价搬上了金钱的天平。

为了获得巨大的财富，一些主播几乎什么事都会做，各种匪夷所思的表演方式被绞尽脑汁地发掘出来并展示，以此满足屏幕前人们的好奇心。

我完全没想到李肖居然是干直播的，于是我立刻意识到，他应该大小也算是个有名气的主播，否则怎么开得起豪车，住得起市中心的房子呢？

杨芳的母亲有些遗憾地表示，虽然女婿一表人才，事业也算得上成功，不过他们作为知识分子，很难接受这种生存方式。我这才知道，原来李肖是靠在镜头前扮演各种角色谋生的，乞丐、富豪、企业精英、街头混混、油嘴滑舌的营销客、老实巴交的农民……没有他不能模仿的人物，就是这惟妙惟肖的表演天赋，给他带来了巨额的财富。

老人还提供了一个信息：杨芳本来有正经工作，时间一长也辞职和李肖一起做起了直播。

“那杨芳是直播什么的？”我敏锐地觉察到这或许能给我们提供一些线索。

老人告诉我，杨芳是做吃播的。

吃播是什么？

就是靠在镜头前吃东西来吸引看客的一种直播形式。

吃播的出现，其实还是有着理论依据的。比如有一种原因就是在减肥盛行的今天，有的人迫于体重的限制无法尽情地吃喝，于是寄情于围观别人大快朵颐，从而满足自己内心深处那颗蠢蠢欲动的心。当然，有的人越看越饿，有的人却越看越满足，这就因人而异了。

怪不得她从不上桌吃饭。毕竟天天对着镜头吃吃喝喝，真到吃饭的时候早没胃口了。

但这解释不了杨芳失踪和她随身携带若干面具的原因。

案情进展到这里，我简直一头雾水，于是决定去杨芳家看看。

我细细地搜寻了这个家里与她有关的所有痕迹后，发现她似乎已经下定决心要离家出走了，因为她把自己的东西收拾得干干净净。偌大的三居室里几乎没多少属于杨芳的气息，她仿佛从来没有在这里生活过一样。

我觉得有些奇怪，不由得想起那个中等大小的箱子。很明显，一个正常女人的东西是不可能用那么小的箱子装下的，而且那个箱子里没有多少衣物，反而有很多面具，这就说明，那些面具对杨芳来说相当重要，是她离家时必须要带走的东西。

我直截了当地把这个困惑抛给了对面一脸忧伤的李肖。

李肖回答得更加直接。他明确地表示，杨芳还有一个工作室，大部分行头都在那里。当天晚上杨芳一直没有回家，他一开始还以为她去了自己的工作室。

于是我们来到了杨芳的工作室。工作室并不大，就是一个普通的一室一厅。

里面堆满了东西，拥挤不堪，好在这看得出杨芳是个整洁的女人——里面的东西虽然多，但都井井有条。奇怪的是，整个房间里并没有任何吃的东西或者食材，看来杨芳直播时吃的东西不是自己烹饪的。

房间中除了各种衣服和化妆品，还有一个整齐的文件柜，从各个文件夹的标签来看，里面整理的都是一些和饮食有关的信息。打开文件，果不其然，里面记录了某类食物的卡路里是多还是少、吃了之后有没有什么禁忌、对体重的影响甚至对心理的影响如何，等等。

看来杨芳做直播不是玩玩而已，是把它当作一项正经八百的工作来对待的。

我注意到，所有的文件夹都贴上了不同颜色的标签，厚厚的一摞材料排列在书柜中，十分引人注目。看来她是个周密的人。

之前我已经查看过杨芳的直播记录了。她的粉丝不多，我还和她的部分粉丝取得了联系。据粉丝反映，她的直播蛮正规的，吃的也不是什么乱七八糟的东西，不过就是一些家常菜，但她吃得非常细腻，令人胃口大开。

意外的是，我从粉丝那里解开了困扰着我的另一个谜团——面具。

原来杨芳做吃播的时候是戴着面具的，除了猩红性感的嘴唇，面具似乎也成了她吃播内容的一部分。粉丝们会饶有兴致地谈论她各种造型的面具，并对这个面具下的女人充满一种神秘的期待。

“这些面具让我们对她的相貌有着一种窥探的欲望，也增加了观看时的食欲。”——这是一位粉丝无意中告诉我的话。

食色，性也，想象力和欲望总是交织捆绑在一起的。我被自己的这个念头激了一下，似乎想起了什么，马上找到餐厅老板老周和小区的物业，分别调取了餐厅最近的就餐、进货记录以及监控录像，同时将近期小区的各种物业记录带回了公安局，开始一点点查看。

餐厅记录显示没什么异常。

杂七杂八的食材进货记录复杂纷乱，不过也算是有头有尾，可惜没有什么线索。唯一的一点发现是，老周称他其实早就认识杨芳，因为她隔三岔五就会从他的餐厅订外卖。

“为什么不早说？！”我把话说得有点重，像在质问他。

老周一脸委屈：“我真没见过这个女人！如果不是你今天提供了她的电话和住址，我都不知道经常从我这儿订餐的客人就是她。”

是的，杨芳的确是这家餐厅的常客，但她之前从来没在这家餐厅出现过。

我无话可说。毕竟，在外卖行业如此发达的现在，这确实再正常不过。经过详细地对比订餐的菜单以及杨芳直播时吃过的部分食物，我发现这家餐馆就是她做直播时的食物来源。

一个可怕的推测突然跳上我的心头，我自己都被吓了一跳。

“想多了，这不可能！”我苦笑着拍了拍脑袋，重新将目光聚焦在这个小小的直播间。

后来我意识到，就在灵光乍现的刹那，我已经触摸到了真相的边缘。

再次翻阅杨芳留下的东西时，我终于从一堆厚厚的记录中发现了异常。

杨芳将每一次直播的时间和内容都记录了下来，虽然记录的都是一些简要的词句，但看得出来这是她对当天直播内容的反馈，比如粉丝的数量、直播的食物以及食物热度的高低等。

我一边翻阅一边感慨，每个行业都不是那么简单的啊！平时人们只关注主播背后的流量带给他们的巨大利益，却忽视了他们在背后做的细碎而烦琐的准备工作。

怪事就是我在这个时候发现的。

我发现，杨芳的记录在十七天前停了，但我清楚地记得，她的粉丝们说，直到她失踪的前一天，她还在做直播。

这有点反常。从记录的连续性来看，杨芳所记录的直播状况没有任何间断，能够看出，她在这一点上还是非常认真的，有着一种持之以恒的韧性。

这段时间的记录缺失显得有点奇怪。我有种感觉，自己找到了一个不错的切入点。于是我迅速地召集了几个粉丝，跟进了解情况。

几个粉丝显得很兴奋，毕竟同为一个直播间里的观众，他们彼此也从来没有见过面。我用一种看似闲聊的方式切入了话题，慢慢地了解到了一些有意思的事情。

比如，在记录消失之后，直播间里的杨芳发生了一些微妙的变化，用粉丝的话说就是“变得浮躁了很多，吃东西的时候有些敷衍了事”。

这是个掉粉的举动，很明显杨芳也意识到了，因为几天后，随着打赏人数减少和不满的观众增加，这种情况有所改善，杨芳渐渐地恢复了正常。

我不知道杨芳在这几天发生了什么变故，但很明显，这种影响还没有大到可以让她放弃直播的份儿上。

那么，那段时间杨芳到底发生了什么事?

虽然我已经产生了一个巨大的疑问，但这次谈话并没有止步于此。戴面具这种犹抱琵琶半遮面的吃法似乎增加了杨芳的神秘感，让粉丝们的目光更加集中到她的吃相上，注意力更加专注，也加深了粉丝们对那咀嚼着的嘴唇的着迷程度。

“我们很难区分开，到底是垂涎于那些美味的食物，还是垂涎于镜头前她咀嚼着的嘴唇。”一位粉丝一脸痴迷地说。

第3节
下水道里惊现人体组织

另一边，小区的物业记录也没有什么有价值的东西。除了有两次清理下水道的工程和几次因为遛狗而让居民产生的纠纷，记录显示近期并没有什么引人注目的异常事情发生。

我却对这些人们习以为常的情况产生了莫大的兴趣。我心底那个令我惶恐不安的猜想还在翻腾不息，我有些坐立不安。刑警的直觉有时是十分玄妙的一种东西，如同女人的第六感，说不出来由但精准犀利。怀着这种莫名其妙的情绪，我仔细地询问了清理下水道的工作人员和产生遛狗纠纷的当事人，有了一个意想不到的发现。

两周前，小区的下水道堵了。这其实很正常，人数多的小区经常有人往马桶中扔一些乱七八糟的东西，最常见的是剩菜、塑料袋和卫生巾，时间一长就容易造成下水道堵塞、污水横流。这时候，清理工就得将整个下水道系统进行彻底清理，将那些在出口处、洞壁上的污秽杂物清除干净。

不过这次他们在清理的时候，情况稍微有些不同。小区里惯常遛狗的几个人正好在附近，平时这些犬类看见下水道都绕道而行，这次却有一只腊肠犬狂吠不已，一度往下水道的方向狂奔过去。

“奇怪！我养五弟很久了，还是第一次见它这么焦躁又急不可耐。”在接受询问时，狗主人段佩佩很困惑。五弟正是那只腊肠犬的名字。

我对此表现出了极大的兴趣，继续问下去的时候，佩佩突然变得愤愤不平。

据她说，同时还有一只拉布拉多犬也慢腾腾地走到下水道出口处，往里面嗅探着什么。五弟一路奔跑过去的时候，平素温驯的拉布拉多犬一下子表现得十分狂躁，惊吓到了情绪高涨的五弟，两只狗还发生了斗殴，两个狗主人因此起了争执，物业还在现场进行了调解。这件事情，在场的人应该都还有印象。

清理下水道的工人倒是非常淡定，似乎对这种莫名其妙的纠纷感到习以为常。当我亮明警察的身份进行询问的时候，清理工表现得有些吃惊，认为这种事情没什么值得大惊小怪的。

我倒不这么想，下水道的清理过程引起了我十足的兴趣。

“下水道堵塞的具体位置是哪里？”清理工爽快地给出了答案，他们若无其事的回答好似一声惊雷击中了我的脑袋。

堵塞的位置是十号楼的二十层，正是杨芳失踪的楼层。我心中什么地方似乎被狠狠地戳中了，压抑着内心的激动之情，我抛出了第二个问题。

“是什么东西造成下水道堵塞的？”

这是个“好问题”，所有的清理工都回答不出来，毕竟硕大的管道里什么都有，污秽不堪、臭气熏天。

不过有个清理工有另一番说辞：“当天清理的时候，我发现管道里似乎多出了许多油污，比平时更加油腻，至于味道，倒没什么特别。”

两条狗的反应也引起了我的注意，我找到了另一位狗主人，一个邋遢的中年男人。

“我的欢欢平时可乖了，”男人一脸怒意地说，“那天都把它吓着了。”

我看看旁边一直安静地躺着的狗，问：“当时你的狗为什么叫起来？”

“是欢欢。”男人脸上浮现出一丝不悦，不情愿地说，“它不是狗，是宠物。”

“请您回答问题，”我礼貌地示意，“我们好尽快结束。”

“欢欢平时都是很温驯的，那天也不知道怎么了，一靠近那个臭臭的下水道口就开始大叫。当时我也以为出了什么事，后来发现是那条腊肠犬先冲它吼的。为了这件事，我还和那只狗的主人吵了一架……”男子似乎找到了话题的兴奋点，滔滔不绝起来。

“也就是说——”我往前探了探头，“严格来讲，两家的狗都是在下水道旁才开始叫的，对吧？当然，你以为是对方的狗发起了挑衅，你的狗才有所反应的。”

“是欢欢。”对方纠正道，然后点点头，“是，我觉得就是腊肠犬的问题，它如果不冲我们家欢欢吼，欢欢是不会乱叫的。”

不对，我不这么想。心里突然有道光照亮了我错综复杂的思维。

这条下水道，有问题。

我要打开下水道，进去看看。

这出乎所有人的意料，尤其是小区的业主，他们都以为这个警察鬼迷心窍了。

下水道是什么地方？在他们眼里，下水道是一个小区甚至整个城市最肮脏和最阴暗潮湿的地方，是任何人都不想涉足的区域。别说进入，仅仅是面对那个臭不可闻的洞口，都已经让人有种窒息的感觉了。

我毫不在乎。作为刑警队的资深警员，我已经习惯闻各种令人不能忍受的气味了。在我看见过各种案件现场、见过腐败尸体的各种形态之后，下水道的湿臭对我而言简直是一种再普通不过的气味。

不过，即便是这样，在下水道打开的那一瞬间我也怔了一下。并不是因为下水道太脏，恰恰相反，这个小区的下水道太干净了。

我禁不住问旁边的清理工，他告诉我，这是因为前几天刚刚清理过下水道。不过他们之前清理时，这条下水道看上去也并不是很脏。

高档小区的下水道系统还是非常正规的，再加上住在这里的居民素质相对比较高，所以下水道显得比较干净。但是那一次，下水道比平时更加污秽和腥臭，也正因如此，那两条狗才会寻味而来。

这反而让我觉得奇怪。这些清理工并不是第一次清理这个小区的管道，为什么只有那一次里面如此肮脏？

我下到管道内部，小心地从洞壁上擦拭了部分样本，带回了局里做检测。

检测结果出来了，是人体的 DNA（脱氧核糖核酸）组织。

也就是说，这个小区的下水道里曾经存在过人体组织，而且不是少量。毕竟经过复杂的清理之后，还能够从洞壁的依附物上提取到人体 DNA 组织，足以说明当时下水道里存在大量的人体组织成分。

直觉告诉我，这将是揭开谜团的关键。

但还有一个问题横亘在我面前：杨芳失踪了，谁也无法证实这组人体 DNA 组织和失踪的她有关，除非能够提取到她的人体组织细胞进行比对。

这就是最难的部分。杨芳离家后，家里所有和她有关的东西都不见了，包括她日常使用的器具，比如梳子、毛巾等，这些最有可能提取到她表皮细胞的器具都消失得无影无踪。

李肖迅速地被认定为重大嫌疑人。但在没有确定 DNA 归属的情况下，警方没有任何证据能够将杨芳失踪的原因与他联系起来。

我突然想起了杨芳悲痛欲绝的父母。

不错，从亲属身上提取的DNA也可以进行样品比对，这是一条可行之路。直系亲属的DNA除了可以用于亲缘鉴定，对被害人DNA的比对也有着重要的意义。

我内心有了一种洞悉真相的狂喜之情。几天前我心里的那个恐怖的猜想似乎被放大了很多，答案呼之欲出。不过，我知道仅凭下水道出现的疑似杨芳的DNA，无法将李肖与一桩谋杀案联系起来。

除此之外，还有一个巨大的疑点始终困扰着我：从下水道残留组织的情况来看，大概三周之前，这些组织器官或者血液、表皮就已经依附在洞壁上了，可是那个时候，在机缘巧合下，我每天都能看到杨芳在厨房里进进出出。

DNA对比结果印证了我的猜想。

杨芳父母的DNA与样品DNA存在亲缘关系，从相似比例来看，是直系血亲。从DNA对比结果可以断定，下水道中的人体组织的确属于失踪的杨芳。

我再次把目光转向了李肖。

真相近在咫尺，但我就是无法触摸到边界，这令我万分苦恼。毕竟，杨芳在下水道堵塞之后真真切切地出现过，这不光是我亲眼所见，其他高楼层的住户和酒店房客也目睹过她在家中的情景，所以杨芳存在的证据绝不是孤例。

所有人都看到了杨芳，那么在下水道漂浮的人体组织又会是谁的呢？

这个问题纠缠了我好一阵子，直到我重新想起那个孤零零的工作室。在此之前，我已经对杨芳的家进行了若干次细致入微的勘察，收获甚微。甚至到了最后，本来还面露悲戚的李肖眼神开始变得充满愤懑和敌意。

我可以理解他，毕竟一队警察三番五次地进入现场，不断地想找到些蛛丝马迹，这展示出警方对这个男人的高度怀疑。有时候，这种明目张胆的怀疑甚至比直接的指控更加让人愤怒，也正是如此，我对李肖的变化并不吃惊。

但对我来说，找到凶手才是对杨芳和其家属最大的告慰。

我翻动杨芳的播放设备时，发现了一个头戴式麦克风，这是杨芳进行直播的设备之一。鬼使神差地，我戴上了那个硕大的麦克风，偌大的电脑屏幕上映照出我疲惫的脸，一瞬间，我突然惊觉：麦克风的探头，是个提取 DNA 的不错的位置。

不要忘记，杨芳在做吃播的时候，面具是没有遮挡住口鼻的。

人在说话的时候，口水会不自觉地喷溅出来，即便是干了，仍有部分组织细胞残存。对现代刑事科学技术工作者来说，从这种经常被口水喷溅的地方提取一个人的 DNA，并不是复杂的工程。

这次，检测结果给了我更大的惊喜——麦克风上面竟然检测出了两个人的 DNA。

经过和下水道中提取的 DNA 比对，可以肯定，其中一种 DNA 来自杨芳。这是理所当然的。意外的是，另一组 DNA 组织属于一个男性。

我第一时间对李肖的DNA进行了取样，检验显示，那组DNA组织果然属于他。

有趣的部分来了，这说明李肖曾经到过这个工作室，同时还使用过这个麦克风。换句话说，李肖很可能在杨芳做直播的位子上直播过。

我记得杨芳的粉丝说过，她每次都在同一个地方做直播，背后的背景也没有变换过，这让他们很安心，因为这种熟悉的环境可以给人带来舒适感和安全感。

我迅速地联系了粉丝们，他们都声称从来没有在直播间里见过除了杨芳之外的人。

我心里突然有种豁然开朗的感觉，马上想起了那个缺失了部分记录的笔记本，以及始终蒙在“杨芳”脸上的硕大面具。

为了印证自己的想法，我联系直播平台进行了详细询问，并且设法从网友那里获取了李肖直播的视频。

即便是有思想准备，我仍然对李肖的模仿能力感到吃惊。不得不说，作为一个小有名气的主播，他对于这种哗众取宠的模仿秀已经驾轻就熟，场面控制得很好，气氛烘托得十分到位。

我很兴奋。当然，这不是出于对李肖技艺的惊叹，而是我终于弄清楚了那个困扰我许久的问题：为什么我总是在清晨看到杨芳在厨房里做饭。

第 4 节

有时候，真相距你一步之遥

我坐在李肖面前，第一次仔细地打量他。好清秀的男人，我在心里想着。

他似乎非常镇定，面无表情地看着我。我直截了当地告诉他，我在杨芳的麦克风上发现了属于他的 DNA。

“对，我戴过那个麦克风。”出乎我意料的是，他马上承认了这点，“有一天我去她的工作室，看见她直播的装备，觉得挺好玩的，就戴上试了试。”

李肖表现得云淡风轻，但这理由相当不充分。

我笑了出来，直视着他的眼睛，告诉他，对一个熟悉直播的人来说，对那个麦克风的功能应该再熟悉不过了。在我看来，这事情发生在别的男人身上还可以勉强说通，但在李肖这里，那个麦克风可远不是一个玩具那么简单。

我本以为这场对话还要持续很久，但没想到我无意中说的一句话为这场审讯打开了一个缺口。

“你的妻子在直播中的表现很不错，我找她的粉丝聊了聊，他们说非常喜欢看她的直播。要我说，在这个行当里，虽然她的粉丝数量不算多，但那些粉丝都是‘铁粉’。”我试探着说，“这也很难得。”

本来我这么说，是为了提醒李肖，我对于杨芳的直播情况已经了解得非常深入了，没想到我话音刚落，就看到了一个异乎寻常的眼神。

这眼神像是一把匕首，一下子刺中了我的神经。我突然觉得这种眼神很熟悉，似乎在很多涉案人员的眼中看到过。

李肖眼中转瞬即逝的这一道光瞬间让我警觉起来。嫉恨——我在心里重复念叨了一下这个词语。因为我们距离很近，我甚至看到了他脸上抽搐的肌肉和在极力控制的咬肌。

我当然见过这种表情，但让我感到意外的地方就在这里。这种掺杂着羡慕和嫉妒的表情会更多地出现在女人的脸上——嫉妒心像是女人与生俱来的。

说来可能很多人不信，大量的凶杀案都起源于疯狂的嫉妒心。一些经过深思熟虑的仇杀发生的原因可能只是一件看起来啼笑皆非的小事，可能是一串送出去的项链，甚至只是一句别人看上去无足轻重的夸奖。但在很多凶手为女性的凶杀案里，这可能就是引爆她们做出犯罪行为的导火索。

这次，这种表情出现在了一个男人的脸上，着实让我吃了一惊，转念一想我便理解了，因为这为揭开另一个谜团添加了一个绝佳的注脚。

李肖是从一个关于早餐的问题开始瓦解防线的。我询问李肖关于两人吃早餐的细节，并请李肖对妻子从不跟自己一起吃饭这一点给出解释。

李肖表现得非常不耐烦，反复强调这只是个家庭习惯。因为杨芳的工作决定了她常常处在一种拼命吃和竭尽全力减肥的矛盾状态中，所以她虽然不排斥做饭，但对吃饭有些反感。毕竟，在镜头前她已经吃得够多了。

“不。”我摇摇手指，制止了李肖说话。从向杨芳的粉丝了解情况，到谈吃播的行业特点，最终回到杨芳吃饭的行为习惯上，作为一个优秀的刑侦工作者，我对自己的调查能力十分自信。

“你知道我为什么说你的妻子很敬业吗？因为她在直播中吃东西，是真的在吃东西。”我说。

李肖的眼神黯淡了下来，我似乎参破了什么天机。

吃播这个行业很多人都是假吃，但这很难保证播出效果。

观众不是傻子，如果主播仅仅是做出吃的样子，那么这不但无法勾起观众的食欲，而且会破坏这个行业的职业规则，注定无法在这行里站稳脚跟。

所以，很多主播都是真吃，但他们会在吃完之后立刻吐掉。

这当然非常痛苦，因此对他们而言，吃播本身也是一种伤害自身的直播方式。不过，杨芳不同。

杨芳始终是在真吃，也就是说，她将食物吃下后并没有吐出来。我很肯定这点，同时也明确地指出，在镜头前吃下的那些美食，足以让杨芳以肉眼可见的速度变胖。可我看到的杨芳十分苗条，不光是我，几乎在反光玻璃后看到过杨芳的人都声称她身材很好，高挑纤细。甚至连直播间的粉丝们都说，他们好羡慕这个女人干吃不胖的身体特质。

这就奇怪了。

同一个女人，身材不可能忽胖忽瘦。我提出这个疑问的时候，刻意将重音放在“同”字上。李肖眼中闪过一丝慌乱，不过转眼之间他就恢复了正常。他不自然地笑了笑：“人眼的观察并不准确，可能你们是因为距离远才觉得我爱人身材纤瘦。其实，作为她的丈夫，我得说她的确胖了很多。”

不，他骗不了我。我很清楚，我在窗户边看到的那个女人身材虽然不错，但和“丰满”是不沾边的。

现在就是他心理崩溃的节点。我稍事沉吟，告诉他，就在我审讯他的同时，我的同事正在赶往他的住处，准备进行新一轮搜索。

“随便你们，反正已经搜过很多次了。”李肖说。

他毫不在意当然是有理由的，毕竟那个地方已经被勘察过多次了，即便是有什么不利于他的东西，想必也已经被他收拾得干干净净。

“这次和以往不同。”我刻意加重了说话的语气，“我的同事可不是奔着杨芳的东西去的，这次去的目的是收集房间中的餐具……”我停顿了一下，说，“准确地说，是收集指纹。”

李肖的瞳孔猛地收缩了起来，这种生理反应是无法掩饰的。我听到他的声音变得颤抖，就知道自己的猜想已经得到了证实。

“其实，杨芳从不做饭，那个早上做饭的苗条女人，就是你，对吧？”

这句话就像一个重磅炸弹砸在了李肖的神经上，他怪叫一声，手指深深地插进了头发里。我没有迟疑，问：“说说吧，你的妻子在哪里？”

他沉默了，刚才的惶惑和惊恐感像是被一种别样的情绪吞噬了，变得无影无踪。

“不知道。”李肖说。他冷冷地告诉我，他的确每天穿着女人的睡衣在厨房里精心做饭，就是为了给别人制造杨芳在家的错觉。他还特意将窗帘打开，让更多人看到这副令人着迷的曼妙身体。

即便是知道了真相，我也依然很惊讶，无论如何也难以将脑海中那个清晨做饭的女人和面前这个面目清秀的男人联系起来。

不过，从身材来看，这个男人假扮一个苗条的女子并不是一件费力的事情。他瘦高、清秀，站在那里确实像个秀丽的女子。我试着代入他穿女人睡衣的模样，发现毫无不协调感。

同事从李肖家厨房中提取的痕迹证明我的推测完全正确。

刀柄和其他器具上只有李肖的指纹，并没有第二个人使用的痕迹。这同样印证了我之前的调查结果：杨芳所有在镜头前吃的食物都不是她亲手烹饪的，而是来自那个她“失踪”的餐厅。

那个餐厅！电光石火之间，我像被唤醒了一样，想起餐厅中那个同样曼妙的身姿，以及在无声无息中失踪的杨芳。

不，那不是杨芳。

“当时进餐厅的，实际上就是你，对不对？”我眼睛中闪烁着兴奋的光芒，“你假扮自己的妻子，去那个餐厅，到底想干什么？”

李肖大笑，接着再次陷入沉默。除了面目扭曲的狞笑，他再也没有给我印证猜想的机会。

看上去，经过刚才的供述，他反而轻松了很多。他敲打着桌子，挑衅一般地告诉我，自己的确乔装打扮去了那个餐厅，以他扮演女人的技巧，那完全不是问题。

我对此深信不疑。我见过这个男人在镜头前的表演，只要身形相似，他就能够完美地扮演一个女人而不让人发觉。这是他的天赋，即便现在已经变成了他的罪证。

李肖很得意，还沉浸在自己像易容术一样的乔装技能中：“好吧，我告诉你，的确是我装扮成她进入了餐厅，但是，你知道我是怎么出去的吗？”说完，他再次发出猖狂的笑声。

看着李肖得意的神色，我倒吸了一口冷气。我突然发现，即便我以为自己的勘察工作做得近乎完美，但可能还是遗漏了关键的环节。一个小小的疏忽便让之后的案情陷入僵局，在办案中，这种情况并不鲜见。

只不过，这次的纰漏，到底在哪里？

我再次想起老周的精致餐厅。偌大一个餐厅，监控设施却十分简陋，这让人非常不解。警方将视频中的出入人员进行对比后，仍然遍寻不见“杨芳”的踪迹，所有进入餐厅的人都先后离开了那里，只有“杨芳”再也没有出现。

李肖微笑中透着一种自信和得意，甚至提醒我注意一下餐厅的小工。

开始时我对此不屑一顾。对于一个办案经验丰富的刑警来说，餐厅所有活的东西都在我的怀疑范围内，我不可能对餐厅的工作人员置之不理。从经理到大厨，再到上菜的侍者，我都安排人员从视频中进行了甄别。结果不出意料，一无所获。

但李肖诡异的笑容让我有种不祥的预感。毕竟，这些烦琐而枯燥的工作不可能由我一个人完成。餐厅工作人员这部分，我交给了队里一个年轻的干警负责。从他汇报的情况来看，他没有发现异常。我对这个干警十分了解，他办事非常认真和仔细，应该不会存在什么疏忽。

但靠经验的东西，就不好说了。

我心里咯噔一下，转身走出审讯室，马上找来了那个年轻的警察，要求他详细地说清楚当时监控上的情形，尤其是每个餐厅伙计出入餐厅时的状态。

他一脸惊讶地告诉我，确实没放过任何一个工作人员，将每一个人出入餐厅的痕迹都进行了比对，他们确实都是当晚半夜前先后离开的。好在他们人不多，他没花多长时间进行比对。说着，他从办公桌抽屉里找出一个笔记本递给我，上面是他进行视频比对的记录。

我细细地翻了一遍。不得不说，这个年轻人确实做得非常细致，不仅对每个人的相貌、姓名和出入时间进行了标记，甚至连当时在做什么都有着简略的记录。

笔记中的一个词像针一样刺痛了我的眼睛。我沉默了一下，指着写有“厨余物”的一页问：“这是什么意思？”

“哦，这个是当时监控中的两个大圆桶。”年轻干警抽了抽鼻子，不以为意地说，“我当时问餐厅经理这是什么东西，他说是每天后厨的厨余物，专门有人推出去倒掉。这东西要倒在固定的场所，否则卫生部门会进行处罚。我当时去现场查看过了，没发现什么可疑之处。”

现场当然没有可疑之处，因为桶才是真正的疑点。我苦笑了一下，心里一下子亮堂了。

这就是那个纰漏。年轻人还是经验不足，他只看到了监控中的人，却忽略了那两个偌大的桶。

我明白了！李肖一定是躲到了两个大桶中的一个里，神不知鬼不觉地离开了餐厅。他就是这样消失在监控中的。

问题是，他为什么要乔装去那家餐厅？

李肖拒绝回答这个问题，再次陷入了沉默。

这次轮到我冷笑了。我敲了敲桌子，说：“你以为我审讯你的目的是获取真相吗？你错了，以我们现在掌握的情况，即便你什么都不说，我们也足以以故意杀人罪的罪名将你送上法庭。”

“不可能。”李肖大吼一声，“你们……”

“我们没有能定你罪的证据，是不是？”我看着对面瞬间沉默的男人，冷酷的声音像是浸在冰水里，“除了你家厨房用具上的痕迹，警方的技术人员还在厨房的地面上和卫生间里发现了大量的血迹，经检测属于人血。”

我再次敲了敲桌子，道：“警方去你家的厨房，可不光是提取指纹的，事实上，我们能做的事情还有很多。

“你太不了解现在刑事技术的发展了。”

我的声音再次响起：“人血擦掉容易，彻底去除却难。肉眼看不见血液残迹，不代表仪器和化学试剂无法检测出来。当今的科学手段，别说检测出被擦洗掉的血迹，就算是对残留的血迹进行 DNA 测试都不成问题！你以为别人发现不了你犯罪的痕迹，那只能暴露出你的无知！

“我们当然对血迹进行了鉴定，并且比对了麦克风上提取的 DNA 样品，你猜是谁的血迹？”我突然看着男人问。

李肖的眼睛瞪大了，几秒钟后，他颓然地低下头。但在我继续询问杨芳去向的时候，他重新恢复了些许神气。

“既然有这么先进的技术，你们居然到现在还不知道杨芳的去向？”李肖的声音中有一种空洞的自信，“那你们凭什么指控我杀了人？”

“凭你们小区的下水道。”我盯着李肖的眼睛，一字一顿地说，“你以为警方不知道杨芳在哪里吗？我说出‘下水道’三个字，就代表你已经失去了抵抗的意义。想知道我为什么还要在你身上浪费时间吗？我可以告诉你。我只不过是想知道你到底是出于什么目的，将她扔进肮脏的下水道的！”

这是我第一次提及在下水道里检测到人体组织，这也是对面前这个顽固男人的致命一击。

李肖发出一声长长的叹息，他的声音像鬼魅一样飘出来。

“好吧，看来你们都知道了。我没想到，连她在下水道里你们都清楚。”李肖终于开口了。

“不错，我的确杀了她。原因嘛，因为她太虚荣。”他说。

“这事和直播有关吧？”我淡淡地问。

“不错。她做直播还是我引上路的。平时她是个只知道吃的懒女人，后来我做直播有了点钱，她就只顾着要钱买名牌衣服和包，等到钱花得差不多了，又来我这里讨要。慢慢地，我厌烦了这种生活。我是靠直播起的家，所以将直播的东西教给她，让她也去做直播挣几个钱，总比她在家里无所事事强。

“没想到，她做的竟然是吃播。这个女人，即便连工作都选择了和吃有关系的，真是又懒又馋。不过我慢慢地发现，她对直播的兴趣好像很高，经常在她那个小房间里一待就是一个晚上，有好几次我还以为她在直播什么违法的东西。你知道的，我妻子面容和身材都很好，我担心她学坏。不过我突击性地去看过几次，她都在认真地吃东西，我也就放心了。

“她的粉丝虽然不多，但兴致很高。不过她在家懒惰惯了，什么饭都不会做，以前在家就每天都叫外卖，后来做了这行更是如此。每次做直播前，她都从同一家餐厅叫外卖送到家里或者工作室。慢慢地，她的直播粉丝数量上去了，她也挣到了几个小钱，居然不经常找我要钱了，隔一段时间才伸手向我要些。

“此时，我的直播效果却越来越差了。这个世界每天都在飞速地前进，直播这行更是如此。新人不断涌现，而且只要不违法，他们什么吸引眼球的东西都敢播。我只不过是直播个模仿秀而已，开始时追着时尚潮人模仿，赢得了一些粉丝，确实也滋润了很长时间。

“不过模仿别人有知识产权方面的风险，现在国家对这部分管理得越来越严格。况且，不管模仿什么其实都是一个套路，粉丝们慢慢地也就厌倦了。粉丝们失去了新鲜感，脱粉的速度比退潮还快，很快，我的收入就少了。

“雪上加霜的是，那个女人的直播也不行了。原因很简单，她太喜欢吃东西了。吃播是一种职业，不是吃饭那么简单，她却把吃播当成一种享受，一种既能吃又能挣钱的享受。这就大错特错了。粉丝不光是看人吃饭，很多是冲着主播的脸来的。简单点说，好看的主播吃东西会更受欢迎，不那么好看的主播就得靠别的技能吸引眼球了。

“她很快就明显变得肥胖。人一旦胖了，给人的感觉就油腻起来，很快，她直播的吸引力就下降了。”男人一口气说完，像濒死的鱼一样大口大口地喘着气。

“你等等。”我打断他，“为什么镜头前没那么明显？”

“你小看了手机美颜功能。”李肖苦笑一声，“这是她最后的救命稻草了，不过也无济于事。”

他咽了口唾沫，继续说道：“我刚才说过，这个世界是非常残酷的，直播这种靠流量生存的行业更是如此，一旦失去了观众，也就失去了市场，更是直接失去了金钱。她平时不爱运动，一旦吃胖了更是走几步路就开始喘，也没有减肥的毅力，胖得更加一发不可收拾起来。

“于是，争吵就不可避免。我每天为直播的选题、表现技巧，以及肉眼可见下降的存款数字焦虑，身体反而瘦了下来，杨芳看着更加眼红。而且，杨芳看我挣不到钱了，更是对我百般苛责，明明她才是那个最不思进取的。

“我们两个因为家里日渐减少的收入吵了很多次，那个可恶的女人说的话极其难听，充满了对我的羞辱和攻击，我从来都没有想到那张嘴能说出那么冷血的话。渐渐地，争吵变成了争执，进而变成了打斗，我们常常大打出手，甚至打得头破血流。我对这个女人憎恶到了极点，一个月前，我失手将她推倒在了厨房墙角的硬物上，她当场就倒下了。”

李肖居然笑了笑：“说起来你可能不信，我当时并没有感到多惊慌，反而有种解脱的喜悦感。我看着满地的鲜血和她那油腻肥胖的躯体，当时感觉心里像是被清空了一样，毫无知觉。”

“后来呢？”我看李肖停顿下来，追问道。我心里清楚，之后发生的事情才是最令人毛骨悚然的。

李肖的眼神开始变得呆滞。几秒钟后，他冷冰冰地说：“之后我用了两个晚上，终于把她从马桶里冲进了下水道。”

“骨头怎么办？”我问。

“不好冲，我把它们弄碎之后带到那个餐厅，丢到另一个卤水桶里了。”李肖嘴角露出一丝轻蔑的笑，“没想到吧？最后她也算是回到了她最喜欢的地方。”

我摇了摇头，接着问：“你为什么要到她的直播室里去？”

“这事不好说。”李肖眼神空洞，“我当时鬼使神差地，像有人指引一样，跑到她的直播室里表演了一场。在戴上麦克风的一瞬间，我感觉她好像又回来了。当然，我没敢在直播的时候说话，不过当时确实有在电脑前自言自语来着。”

李肖的语气中竟然带着一丝得意：“开了镜头之后，也没人发现我是假冒的。毕竟我对她的神态与姿势太熟悉了，况且我还戴着面具。模仿人，就算是模仿一个女人，我也是专业的，没人能够分辨出我不是她。我甚至感觉自己好像变成了她，感觉她似乎在通过我的嗓子说话一样。”

我觉得身上冷飕飕的，耸耸肩接着问道：“这就是你扮演她的原因？”

“不是。”李肖否认道，“我假扮她，是觉得总有一天会有人发现她不见了，我得制造一个她失踪的假象，至少可以让她的失踪时间错位。不瞒你说，我就是在直播间表演时有了启发，想起可以通过模仿她的存在给自己制造不在场证据。”

我沉默了一会儿，说：“我办过很多个案子，见过很多凶残的凶手，但像你这么思维缜密、头脑冷静的，实在是不多。”

李肖苦笑了一下。

“你就不觉得愧疚吗？”我问，“就这么杀了与自己朝夕相处的妻子。”

“不，我其实很嫉妒她。凭什么我就得拼死拼活地工作、挣钱？她因为是个女人，就可以肆无忌惮、大手大脚地花我的血汗钱？事实证明，她只不过是个好吃懒做的寄生虫。她什么都不会！除了浪费我的钱财！”李肖开始歇斯底里地狂呼，眼睛通红，唾沫横飞。

“不对。”我摇摇头说，“也许她曾经懒惰过，但从她的笔记来看，我觉得她是打算认真做好这件事情的。我从没见过一个好吃懒做的女人笔记能够做得那么工整。只不过后来你失去了耐心，摧毁了她唯一一次用心做事的信心和动力。也许，她拼命吃东西只是一种逃避的手段，只不过你不知道。”

李肖愣住了。过了好一会儿，他才颤抖着问：“什么笔记？”

我叹了口气，摆了摆手。

“我也只是推测，现在谁也不能知道事情的真相了。但我觉得，归根到底是你太在乎你自己了，你对爱人少得可怜的关注其实才是将你们推向深渊的原因。

“你衣服整洁、妆容精致，家里非常干净，但缺少居住的痕迹——当然，杨芳的东西是你刻意处理掉的。即便是这样，你那个空旷的房子里也缺少温暖的气息，到处都是棱角分明的家具，很少有这里曾经居住过一个女人的痕迹，这说明你们两个人之间充满隔阂。这点别人看不出来，你自己应该非常清楚。

“我第一次检查你家的时候，就感到奇怪，你的房间里居然没有一张你们的合影，这对于像你们这个年龄的夫妻来说，很反常。

“你说是你教会了杨芳直播，她才有了一定收入，不过在我看来，是她选择了用吃来逃避什么，直播不过是个掩盖这些的手段罢了。这就是为什么即便她开始认真做直播，却仍然难以坚持下去的原因。显然，你的妻子是打算修复这段关系的，甚至连她自己都以为这是个改善你们关系的机会，也正是如此，她才用心地坚持了一段时间。

“你说过，她什么都不会，但我那天在工作室里看见的，分明是一个整洁有条理的女人的房间。如果她像你说的那样懒惰，这一切不是很反常吗？除非有什么东西触动了她。

“或者，你在骗我。”

听到这里，李肖缓慢地摇了摇头，坚决地说：“我没有骗你，她的确有段时间变了很多，后来开始变本加厉地滑向深渊，我一直不知道为什么，直到今天听到了你的推测。”

他的声音突然颤抖起来：“也许，我那天莫名其妙地坐到了她工作室的椅子上，就是因为她舍不得我？”

我心底涌起了一阵哀伤，摇摇头说：“现在谁也无法告诉你真相了。”

李肖的眼神黯淡下来，过了很久，他苦笑道：“就这样吧。不过你居然能够想到下水道里有问题，这点我真的很佩服你。”

“狗鼻子是很灵敏的，尤其是拉布拉多犬。”我似乎有些答非所问，李肖茫然无措地看向我，我笑着解释说，“它们对血腥味很敏感，闻到血腥味会有剧烈反应，尤其是被养了很长时间的宠物狗，会变得惊慌失措。它们和人相处久了，闻到血腥味就会变得狂躁，提醒自己的主人小心。”

说完，我最后看了一眼李肖，转身走出了房间。

李肖猛地抬起头，只能听到被厚重的铁门挡在外面的一句似有似无的话。

“有时候，人还不如动物。”

第二章

FENG MANG
TANG FENG TAN AN BI JI

消失的凶手：暗房里的犯罪秘密

第 1 节

出租房里凭空出现的尸体

我在网上经常看到大家吐槽租房子时的各种奇怪遭遇，今天就说一个我经手过的发生在出租房里的诡异案件。

这个案子的涉案人之一是一个普通的租房族，叫刘乐天，人如其名，他看上去挺精神、乐观的，就是运气差了点。他正常租个房子，没想到出差一段时间后回家，发现房子里竟然莫名其妙地多了具尸体，还臭气熏天的，直接把他给熏晕了……

接到报案后，我们第一时间对刘乐天展开了询问。当时，他刚从医院做完检查就被送到当地公安局做笔录。他可能是刚从晕睡中醒来，整个人看起来还是蒙的。

刘乐天是被热心的邻居发现后送到医院的。确定他身体没大碍后，医院把他送到了我们公安局。

毕竟他的出租屋里出现了尸体，他又是第一个出现在案发现场的人，来公安局协助调查是正常程序。

刘乐天在公安局回忆，他晕倒前的情况是这样的：

那天他从外面回来，走到门口掏钥匙开门，哪知道房门怎么也打不开。他把钥匙从锁孔里掏出来又插进去试了好几次，门还是纹丝不动。

没办法，他只好花钱找开锁师父把房门给打开。房门被打开的一瞬间，一股恶臭扑面而来，修锁师父捂着鼻子冲他要完钱就赶紧跑了。

刘乐天捏着鼻子冲进屋，想把所有窗户都打开散散味，但是发现窗户都被封上了。接着，他还没来得及细想，就在自己的房子里被臭气熏得晕了过去。

等他醒过来的时候，人已经在公安局了。

刘乐天醒了后，发现自己在公安局，有点蒙。他面前站着一个长着瘦长脸的警察，警察一直盯着他看，眼神有点吓人。警察告诉他，是邻居发现他晕倒在房里，怕他有不测，这才报警的。那个眼神吓人的长脸警察，就是我。

在确定他的身体暂时没大碍的情况下，我安排他采集了血样、按了指纹，要求他脱下衣服存为证物，同时提取了他衣服上的痕迹，然后让他穿着新换的衣服做了询问笔录，最后我告诉他可以走了。

不过他的出租屋成了案发现场，已经戒严了，不能再住人，这段时间他只能另外找个住处。临走前我还提醒他这段时间不要出远门，得协助调查。

他说幸好他有个关系不错的前同事，叫周淼，之前两人还一起租过房子。刘乐天给他打了个电话，简单地说了下情况，打算在他家先借住几天，也趁机找找新房子，找到立刻搬。

看起来刘乐天确实挺惨的，但我不得不说，当时，他还是被列为这个案子的头号犯罪嫌疑人。毕竟房子是他租的，他又出现在案发现场，很难不被怀疑。如果真像他说的那样，他很无辜，那究竟是谁在他的出租屋行凶，或者是谁把死尸搬到他那里的？这人跟他有仇吗？

几天后，我曾经的徒弟韩东升因为这个案子来找了我一次。这案子恰好就发生在他所在的辖区，接到报警后，房子作为犯罪现场被封锁戒严了，二十四小时有人看守，韩东升就是其中一名看守人员。

这天正好他值班，也赶巧了，碰到了回来取东西的刘乐天。虽然房子不能住了，但里面的东西不能不要，毕竟刘乐天经济条件有限。

韩东升一直跟在刘乐天后面，全程盯着他收拾东西，又把他送到门口，这才面无表情地说："你东西都拿走了吧？不要再回来了。"

"谁还回来？这里可死了两个人啊。"刘乐天一边骂骂咧咧，一边往外走。

"你怎么知道这里死了两个人？当时不是晕了吗？"韩东升

一把拉住了他。虽然刘乐天是在现场被熏晕的，但是韩东升听到他说这里死过人，还是出于职业习惯提出了疑问。

刘乐天只好原原本本地把被熏晕前后的事情说了一遍。当他说到在警察局的那一段经历的时候，韩东升严肃了起来。

“那个询问你的警察告诉你这里死了两个人？你确定他是这么说的吗？”

刘乐天有些不耐烦：“这有啥不确定的？”

“能想起那个警察大概长什么样吗？”韩东升问。

“长脸，瘦，眼神挺吓人的。”

韩东升突然说：“你说的这个人我认识，但他应该不会告诉你这个。”

为什么韩东升这么笃定？因为韩东升不仅认识我，还对我很熟悉，他刚工作的时候，我带了他好几年。

警察这个职业，新警没有人带是很难在短时间内入行的。别看法治社会的发展日新月异，老警带新警这个传统却传承了下来。当初韩东升就是跟着我寸步不离地出现场、办案子，最后才练就了鹰眼般识人断物的本事。

世界上从来没有轻而易举的成功，这是我教给韩东升的第一个道理。

韩东升把这点牢牢地记在了心里。因此，当他听到刘乐天的话，第一反应就是觉得我不对头，还特意跑到我这儿来问个究竟。

确实像他猜的那样，是我告诉刘乐天现场有两具尸体的，我这么说就是想先试探一下刘乐天的反应，看看他是不是在撒谎。不过，当时听到我说出租房里死了人，他吓得脸色都变了，应该不是装的。

“你要是想跟这个案子，就直说。”韩东升特意来找我，肯定不是单纯地想弄清楚这个疑惑。这些年在辖区日复一日地做着简单重复的工作，韩东升其实很想重新施展破案的本事。我知道，他对这个案子感兴趣。

韩东升欣然应下了。我看着他说：“正好我现在也有点摸不到头绪，你过来看看也好。”

我的这个徒弟我了解，他反应敏锐，跟只鹰似的，什么风吹草动都逃不过他的眼睛。所以听到刘乐天说是我告诉他死的人是两个时，他很快就发现事情不对头。

事实上，现场发现的尸体是一个怀孕的女人，所以我告诉刘乐天死者是两个人，也没错。

第 2 节

尸体可能不止一具

韩东升调来跟我一起查这个案子的第三天，就惹了个不大不小的麻烦。

他又去了现场，一个人，谁都没有通知，包括我。

他回来的时候我才知道这件事。我打量着我这个昔日的徒弟，有种说不上来的感觉，刑警的第六感让我隐约觉得他身上有了一些变化。

我把这个念头压了下去，问他有什么收获。

结果韩东升不仅没回答我的问题，还反问我为什么这么怀疑刘乐天。

我的确怀疑刘乐天。

一方面，当天跟我交接的医生说，没在刘乐天身体里检测到明显的有毒气体，说是被熏晕很难说通。不过给他做检查的时候医生证实，他确实是晕过去了，只是晕得不算严重。所以我一直在想一个问题，他究竟是不是被熏晕的？

另一方面，从监控录像上看，也没发现有孕妇来过刘乐天住的这层楼，所以我们初步推测第一现场不是刘乐天的家，尸体很可能是从别的地方被转移到刘乐天的住处的。事实上，在浏览录像的过程中，警察只发现有一个孕妇来过这栋楼，不过去的是另外的楼层，而她本人也活得好好的。

这就奇怪了，谁能将一具尸体神不知鬼不觉地运到刘乐天的住处呢？而且还把门窗封闭之后将尸体扔在他的房子里！

如果只是为了处理尸体，就地挖个坑埋了都比这种处理方式来得明智。

我见过很多处理尸体的方式，尤其是此前还经手过一个把妻子肢解后从下水道冲下去的案子，虽然我唏嘘不已，但是至少作为凶手的丈夫还知道隐藏犯罪痕迹。现在我手头的这个案子就不同了，有人特意将一具尸体放在刘乐天空置数天的房子里，这是为了什么？

除非刘乐天和这个案子有关。所以我第一个怀疑的人，就是刘乐天。

我们还观察到，室内并没发现有人进入的痕迹，门窗都被人仔细地用透明胶带封了起来，且没有在透明胶带上发现指纹。这些现象说明这个凶手非常专业，应该是戴了手套作案的。

韩东升这次去现场，发现了一些别的痕迹。

在桌子的缝隙里，他提取到了一些非常细微的毛发，从毛发的卷曲度和色泽来看，不像是头发，更像是阴毛。他已经让检验科进行检查了，猜测这些毛发要么是人的阴毛，要么是动物的体毛。

“可能是狗毛。”我补充说，“刘乐天说过，他养过一条狗。当时我询问他房子里还有没有别的人住时，他告诉我自己独居，但特意提到自己养过一条狗。”

韩东升告诉我，这就是有意思的地方。他仔细检查过，在刘乐天家其他地方都没发现养狗的痕迹。

“他说早送人了。送人了……”我突然想到了些什么，拍着大腿说，“确实是我疏忽了。马上联系刘乐天，问问他把狗送给谁了，取毛发进行比对。”

再次被请到公安局，刘乐天看起来特别慌张，在我们面前哆嗦起来，浑身像筛糠一样抖个不停。韩东升拍了他一下，他吓得一屁股坐到椅子上，好像又要昏过去了。

他无论如何也说不出那条不存在的狗在哪里，因为他根本没有养狗。

这下，所有的人都开始怀疑他了。

“为什么撒谎？”韩东升问他。

刘乐天哆嗦着回答：“我……害怕。”

“怕什么？”韩东升追问他。

“到底怕什么？”我也问了一遍。韩东升在旁边看看我们，没说话。

“我……我当时看到他们了。”刘乐天捂着脸蹲了下来。

“他们？谁啊？”我被他的话弄得一头雾水。

“那些死人。”刘乐天的声音和身体完全不受控制地一起战栗起来。

刘乐天说出第一句话时，我就愣住了。

我想过刘乐天会撒谎，不过仅限于晕倒这件事情上，真没想到会是这样的情形。

“其实我当时没有马上晕过去。”刘乐天舔了舔嘴唇，继续说，“开始的时候，我只是感到房间里有种难以忍受的臭味，令人作呕，于是进到客厅准备把窗户打开。但是我失败了……因为我看到了他们……”刘乐天哆嗦着说，“地上横七竖八地躺着几个人。”他停了一下，更正说，“不，是尸体。”

“几具尸体？”我问。

“不确定，我哪有那个胆子，还去数一数？”刘乐天指手画脚地说，“我跑还来不及呢。满地是血，臭气冲鼻，到处是蛆虫。我捂着嘴巴跑出去，扶着墙干呕了好长时间。”

我和韩东升都没说话。毕竟，现场勘查表明，出租屋里只有一具尸体的痕迹。

一个孕妇，一个肚子里怀了七个月孩子的孕妇。可是刘乐天说现场有几具尸体。

不可能。这是我的第一个想法。我问他：“你怎么确定那些是尸体？”

刘乐天摇了摇头："我说过，我看见了。当时我在房间里看到的东西，这一辈子都忘不掉。"

接着，刘乐天给我和韩东升讲述起了当时的情形。

他讲得很慢，像是深思熟虑了很长时间，虽然每个字都带着颤音，但是听得出，他说得非常详尽。

现场很恐怖。据刘乐天说，现场至少有三个死人，呈不同的姿势趴在地上，还有一个是半靠在暖气片上的，脸部已经看不清楚了，因为腐烂得太严重。室内伴着刺鼻的腐臭味和到处爬动的虫子。

刘乐天还想起来，当时地上还有一条断肢，似乎是一只手，他远远地望了一眼，吓得叫出声来。

我问起当时现场尸体的具体姿态和面部特征，刘乐天又说不上来。据他回忆，有两个人都是趴在地上的，还有一个人垂着头靠在暖气片上，头发披散下来挡住了面部，所以他看不到脸。不过从地上那只几乎化成水的胳膊来看，估计脸也已经腐败得不成样子了。刘乐天表示他根本不敢看尸体的脸，更别提记住尸体的特征了。

"你说，当时房间里到处都是血，那你身上和鞋子上为什么没有？"我问。

刘乐天苦笑着说："我当时哪敢进去？我刚走到卧室门口看到这一幕，就已经吓得魂飞魄散了，脚上当然不会沾上血。"

"第一次在警察局的时候，你怎么不告诉我们实情？"我问。

“我不敢。”刘乐天老老实实地说，“我当时听你说房子里有两具尸体，觉得事情不对，已经被吓傻了，不知道自己看到的到底是真的还是幻觉，就没敢说。”

“所以你到底是怎么晕过去的？”韩东升忍不住问。

出乎我俩的意料，刘乐天沉默了。几秒钟后，他幽幽地说：“我不知道，我都糊涂了。看到房间里的情况之后，我被吓得有点神志不清，后退了几步，好像撞到了什么东西，然后就晕过去了。”

我和韩东升交换了一下眼神，接着问：“你当时还看到其他什么了吗？”

“没什么了。”刘乐天说。

刘乐天的背影看上去很瘦小，韩东升看了很久才确定他已经走远了。一直等到刘乐天晃晃悠悠的身影离开之后，韩东升才转头问我：“你怎么看？”

我没回答，反问他：“你觉得刘乐天说的是实话吗？”

“不好说。不过我觉得他说的房子里的情况，应该是实情，至于他是不是有意或无意地隐瞒了什么，我现在还判断不出来。”韩东升说。

我点了点头。韩东升指了指身后房间里的暖气片说：“你注意到了吗？他说暖气上片靠了一个人，头发还挺长。”

这确实跟我们的调查有出入。据我们在案发现场发现的来看，那个死去的孕妇留着短发，而且是贴在暖气片上的，不是背靠在上面。也就是说，不管她是不是留着长发，刘乐天都只能看到她的后脑勺。

“你的意思是，如果刘乐天没撒谎，那他看到的那个靠在暖气片旁边的死者就不是那个孕妇？”韩东升问我。

“肯定不是。”

外面天寒地冻，凶手把尸体放置在空房间里的暖气片处，特意封闭了门窗，目的很明显，就是要加速尸体腐败。我更相信，这具尸体一开始并不是刘乐天所描述的那样是靠在暖气片旁的，要么是有人移动了尸体，要么是刘乐天再次撒了谎。

事情变得越来越扑朔迷离。我们在案发现场发现了一具怀孕的女尸，可晕倒在现场的刘乐天却说，房间里不止一具尸体，一时间，我们也无法判断真假。也许他被吓傻了，胡说八道也不奇怪，毕竟，当事人对现场情况的口述很多时候是非常不准确的。

我最关心的问题，其实还没有得到答案：刘乐天到底是怎么晕过去的？

韩东升非常不理解，为什么我一定要知道刘乐天是怎么晕过去的。别说韩东升，估计刘乐天都在想，我为什么一直追问他是怎么晕倒的。其实我关心的并不是他的身体，而是他晕倒的原因。

我们刑警，算是能接触到各种人性阴暗面的职业了。很多人心中都带着一点灰暗，他们都有着不可告人的秘密。只不过，有的人的秘密，滴沥着鲜血。

刘乐天晕倒的这个过程我总觉得哪里不对劲。他自述看见了好几具恐怖的尸首，接着不知道为什么昏了过去，直到一个邻居路过，看到他躺在地上才报警。

“是有点奇怪。”韩东升老老实实地说，“我也觉得好像哪里不对，不过又说不出哪里有问题。”

一开始我也说不出来，直到我再次见到刘乐天。

第 3 节

案发现场有只狗？可谁都没见过它

刘乐天来的时候，我和他聊了一会儿。

我提到了韩东升在现场发现的一些类似狗毛的东西，可刘乐天却说自己没养狗，说他说家里曾经有条狗是骗人的。我问他为什么撒谎，他又开始语无伦次起来，说是自己记错了。他这个举动太不正常了。

我心里突然推测出了一个可怕的原因，如果这个推测是真的，刘乐天可能只是有点小聪明；如果我推测错了，那么他将是一个可怕的对手，因为他的掩饰能力太强了。

韩东升似乎明白了："你的意思是，刘乐天也许是凶手，而且非常狡猾？"

"我只能说，不排除这种可能。毕竟，不管他现在怎么说，我们都没发现他的犯罪证据。如果他是无辜的，那么他的说辞就很有趣了。比如，他说他一直在做梦。”我对韩东升解释。

刚才刘乐天在这里时还特意强调，说自己最近总是做噩梦，梦到犯罪现场。

这不奇怪,不管是谁,碰到这么可怕的现场都免不了会做噩梦。我问刘乐天都梦到了什么，他说梦到两具腐烂的尸体从地上站了起来，摇晃着冲他走过来。

恶心是恶心了点，但这其实也不意外。他受了强烈的刺激，现场的情况深深地烙印在他的脑海中，夜晚的时候出现在他的梦境里，这些梦虽然有些“艺术加工”的成分，但也算正常。我注意到他面容很憔悴，应该被折磨得不轻。

“不过听他讲述的时候，我注意到另外一个情况。”我对韩东升说，“他说自己在梦中一直听到有狗叫声。”

“什么？”韩东升忍不住喊出了声。

“对，狗叫声。刘乐天说他在梦里听到了狗叫声，而且几乎每次梦到那个可怕的场景时，都有狗叫声。”我说。

韩东升一下子怔住了。

检验科送来的资料显示，那就是兽毛。

“所以……”韩东升问，“你是说，当时现场有一条狗？”

“是现场曾经有一条狗。”我纠正他，“如果真的有一条狗，在刘乐天晕过去之前，这条狗应该都是在的。恐怖的现场与疯狂的狗叫声，像是烙印一样深深地刻在了刘乐天的脑海里，然后，刘乐天就晕过去了。”

“这不对吧？”韩东升说，“这根本不合理。如果现场有条狗在叫，刘乐天怎么可能直接晕过去？”

“对呀，所以我一直在想刘乐天到底是怎么晕过去的。”

韩东升这才搞明白为什么我这么纠结于刘乐天晕倒一事。

“看来，刘乐天并不是自然晕过去的。所以……现场还有第二个人在？”韩东升这次反应得挺快。

“刘乐天很可能是被人袭击后晕倒的，不过他没有外伤，应该不是受强力打击所致。

“据刘乐天说，现场只有尸体。在这点上，刘乐天是不是说了实话，还不好说。有两种可能：第一种是刘乐天以为现场没有别人，但现场其实有人且那人袭击了他，这一下打击得并不重，他以为自己是碰到什么东西才晕过去的；第二种就简单多了，刘乐天在说谎。如果是第二种可能，那么他一定和这起案件有着重大关联！”

“可是，如果还有别的人在现场，那那人是怎么从现场逃走的？监控显示，现场并没有什么可疑人员进出。”这是韩东升的疑惑。

“没有发现不代表没有人进出，我很仔细地查看了这栋楼的监控视频，当时这个楼层的确没有人从电梯出入。不过，这种老小区只有电梯里有监控，楼道里是没有的，如果有人从楼道出入，监控是拍不到的。”

思及此，我不禁感叹，这个韩东升，看来是真的很久没直接办案了，连刑警最基本的质疑精神都快忘了。

“不管什么人，总得从大楼入口进入吧？对比一下进出人员不就清楚了？我回去再找人重新调取一遍监控，说不定有什么发现。”韩东升来劲了，“尸体上有什么发现吗？”

“暂时没有。我们的指纹库里没有这个女人的指纹，尸体已经高度腐败，面部特征很模糊，不好进行容貌复原。近期我也没有听说咱们这里有报失踪人口的，而且这个女人的肚子里还有个孩子，这是个非常明显的特征，如果这个人是最近遇害或者失踪的，我们不会一无所获。所以，我初步判断这个女人死了有一段时间了。”我告诉他。

尸检结果出来了，死者已经死了一年多。更奇怪的是，尸体解剖并没有发现她有被人为伤害的痕迹，换句话说，她属于因病死亡，不属于他杀。

最大的疑问也在这里。

为什么这个在一年以前就已经因病去世的女人，最近会莫名其妙地出现在刘乐天的房子里？

“既然已经是一年前的死者，尸体不应该已经干尸化了吗？”韩东升念叨着，“除非……”

除非尸体被放在低温的地方冷藏过，所以一旦被放在温度高的封闭空间里，就会迅速腐败。

刘乐天说过，房子里到处都是血水，至少这部分，他说的应该是实话。只不过当时房间里并不都是血，还有随着尸体上的冰融化而产生的冰水，两者混合在一起，流淌得到处都是。

我们马上安排人排查市内的冷藏库和低温储藏区域，看有没有什么异常。

排查结果显示，全市的冷藏室近期都没有特殊的冷藏记录，冷藏室的工作人员对于室内东西的进出和经手人有着详尽的登记，没有异常。

不过，市立医院却出现了一桩新闻：一具尸体被盗了。

听到这个消息，我和韩东升都兴奋了。

果不其然，被盗的是一具怀孕的女尸，肚子里有几个月大的孩子。死者在怀孕期间因感染疾病去世，经家属同意，尸体作为大体老师，被放置在医院的储尸池中。

警方之前排查的时候只查了医院的停尸间，对于做医学研究用的尸体没有进行排查，所以才没发现它。

不过也是凑巧，期末的时候医学院进行现场教学时，发现尸体好像少了，从福尔马林池里将所有尸体打捞上来后，发现唯独不见了这具尸体。

这件事轰动了整个医院，算得上一则货真价实的新闻了。医院调取了所有的监控，竟然没有找到这具尸体消失的过程，最后只好把问题归咎于陈旧到罢工的监控摄像头。可能随便一个人穿着白大褂把尸体放在推车上推出去，都不会碰到任何障碍。

毕竟，谁能想到有人会偷窃尸体呢？

不过有个护士注意到了异常，一番询问下她告诉我们，几个月前的某天她在走廊中闻到了十分刺鼻的福尔马林的味道，当时她还站在原地张望了一下，不过什么都没有发现。

尸体的来源找到了，这个最大的疑问解决了，我们却陷入了更大的困惑中。

房间里发现的唯一一具尸首，竟然是医学院做研究用的尸体。有人煞费苦心地偷走一具浸泡了近一年的尸体，还把它搬到刘乐天的房里，目的到底是什么？

别说韩东升，就连我也糊涂了。我将现在手头掌握的所有线索汇总了一下，也没有看出任何能够开阔思路的地方。

更麻烦的还有那条狗。

那条狗在刘乐天的梦里出现过，在现场留下了毛发，可是没人见过它。刘乐天在梦里听到它激烈的吠叫声，可是他又不清楚这条狗的外形，只反复强调在现场听到了狗叫声。

从刘乐天颠三倒四的陈述来看，他对这条像幽灵一样的狗一无所知，但现场发现的那几根狗毛又确凿无疑地证实了那条狗的存在。

我心里还有一个巨大的问号：这条从来没有人见过的狗，在腐尸溃烂、血水遍地的房间里干什么？

而且似乎到过现场的每一个人都忽略了它的存在，包括那位救刘乐天的邻居。

确实，现场有条狗这事，刘乐天的邻居怎么也丝毫没有提到？

“可能她发现刘乐天的时候，狗已经不在现场了？”韩东升皱着眉头嘀咕。

无论如何，我们有必要请她再来公安局协助调查一次。

这个邻居叫邬静，是个年轻女人。再见到她的时候，我有点吃惊。我们离上次见面不过两周，她就憔悴得不成样子了。

接到报案那天我见过邬静一面，当时她看起来很惊恐，但整个人还是年轻女孩子模样，面色挺红润的，可不像今天这么蜡黄，憔悴得不行，仿佛三魂不见了两魂。

韩东升也很吃惊，不过他是被邬静的打扮给小小地惊到了。她穿着亚麻宽袖衣服和窄口裤，有着一头乌黑的长发和一副清秀的面容，用现在的话说，很有“森女范儿”，是个十足的文艺女青年。

韩东升询问邬静当时看到刘乐天时具体情况如何，邬静看起来有些不耐烦：“我上次来报案时不是说过一次吗？还要再重复一回吗？”

“对。”我点头，“麻烦了，这是我的新同事，韩警官。”

邬静微微地皱了下眉头，说：“好吧。当时我正从楼上下来，打算下楼扔垃圾。因为我着急下楼，所以步子迈得有点快——”

她刚要接着说，韩东升打断她：“等等，你为什么要走楼梯？”

“电梯坏了。”邬静说。确实，当天邬静来的时候还强调电梯坏掉了。

“我走到那层楼的时候，看到有个人歪倒在楼道口，就靠着大门。我当时有点担心，急忙上去晃了晃他，结果他毫无反应，我吓坏了。”邬静轻轻地掩了一下嘴巴，接着说，“后来我就打电话叫来了警察和医生，再后来我就去警察那里协助调查了。”她苦着脸说，“我把垃圾都落在楼梯间了，没来得及收。”

这次我们叫她来，关键是想问问狗的事，韩东升直截了当地问她，有没有在现场发现一条狗。

“怎么会有条狗？除了那个晕倒的人，我什么都没看到。”而且邬静表示，在现场那种恐怖的环境里，不可能有狗。

“那你认识那个晕倒的人吗？”韩东升问。

“不认识。”邬静回答得很干脆，“见过一两面吧，有点印象，但没说过话。我不是那种到处和人打招呼的人，和这个楼里的人没有什么交情。”

韩东升没再说什么，歪着头看看我。

他问的这些问题其实我第一次询问邬静的时候都问过了，所以并不吃惊。我想了想，问她：“那你当时在现场有留意到什么异常情况吗？比如奇怪的味道。”

邬静表示她并没有闻到什么奇怪的味道。这下连韩东升都大吃了一惊。

邬静离开之后，他马上转过头对我说，这个邬静有问题。

“勘查现场的同事回来都说，现场的味道非常难以忍受，但邬静却说没有闻到味道，这不正说明邬静在说谎吗？况且房间中有这么一具腐败的尸体，怎么会没味道？”韩东升犹豫了一下，补充说，“按照刘乐天的说法，房间里甚至都不止一具尸体。”

我疑惑的是，邬静如果说这样的谎话也太明显了。她至少得掩饰一下，而不是这样赤裸裸地说谎，这相当于自投罗网了。

韩东升沉默了。直到医院丢失的那具尸体的相关文件送过来，他的注意力才被转移，连忙探过头来看。

第 4 节

意外的发现

文件显示，死者名叫彭玲，是一名年轻教师，患病去世。她去世时处于孕期，孩子已经七个月，同期过世。记录显示她未婚，所以医院的检查记录上都是彭玲家人签的字，并没有孩子父亲的签字。

韩东升显然对这个结果不满意。他思来想去，又找到我，说："死者资料显示与刘乐天毫无关系吗？"

我点头。我们见到彭玲的家人，首先询问的，就是认不认识一个叫刘乐天的人。这些算是基本的刑侦工作内容，韩东升的顾虑我也有。

尸体是自然死亡后被盗的，那么这个案子目前只能算一个盗窃尸体案了。

不过刘乐天那段对现场的恐怖描述一直在我的脑海里徘徊，

照他的说法，现场至少有三具尸体——这是本案最大的矛盾之处，勘查现场的人员竟然没有发现其他尸体的痕迹，这未免太反常了。

一切迹象都显示，是刘乐天撒谎了，但他的表现又不像。况且他撒谎的动机是什么？

“说明他也牵扯其中呗。”韩东升说，“我们现在掌握的情况对刘乐天并没有任何不利，他最多算是个现场证人，虽然有嫌疑，但毕竟没有发现他涉案的直接证据。现在能把他和这个案子联系起来的，就是他这段似是而非的回忆了。”

这时，鉴定科的电话打进来了。

当初鉴定科给我的文件上显示，现场除了一具高度腐败的尸体，没有发现其他异常，但上次刘乐天说现场有三具尸体后，我坚持对现场再做了一次微量物证和DNA的取证。

电话里的同事声音很低沉：“你自己到实验中心来看吧，电话里说不清楚。”

看到报告我才明白同事一定要我亲自来看的原因，这次的案件确实不一般。

痕迹检验显示，现场除了女性死者，竟然还存在一个人的DNA和血痕。刘乐天没骗我们，现场的确有过另外的人，至于是不是他说的另外两个人中的一个，还不好说。

“不对。”鉴定科的老冯目光炯炯，“我们的检测结果显示，这个人的痕迹时间也不是案发那天的。那大片血迹至少在三个月之前就出现了，因为量大，所以很容易就被检测出来了。而这次发现的痕迹量太少了，是我们在对整个房子进行大面积反复查找后，才在房间的一处角落里采集到的。这次是新鲜血迹，时间不久。”

我有种奇怪的感觉，这个案件的某个环节缺失了，因此我们甚至都没有摸到它的基本脉络。作为一个刑警，这是最让人烦躁的地方。

现在看来，刘乐天不算是个很好的突破口，他的每句证言似乎都显示他是无辜的，他充其量只是个现场的见证者。但有一个问题是我想马上搞清楚的：为什么凶手偏偏选择他的房子作为犯罪现场？

没想到这个问题的答案是由区分局给我送来的。

应该说这是个不算巧合的巧合。在查到血迹的同时，鉴定科就开始进行DNA比对。犯罪人口和辖区人口DNA数据库并不算大，比对还是很容易的，不过鉴于现在的DNA采集还不是必备项目，所以库存DNA远远不能满足侦破案件的需要。如果某个犯罪分子或者受害人的DNA恰好在库里，那完全可以归结为运气。

这次，我们的运气就很好。

另外一处血迹的DNA在数据库中比对上一名本地失踪人口，这个令人振奋的消息让我和韩东升看到了一线曙光。

失踪人口名叫林啸，男，35岁，系统工程师，未婚，父母都在外地。前段时间他父母联系不上他，电话、微信他都没有回复，公司同事也不见他来上班，父母赶到他的住处也没发现他的任何踪迹，于是报案。

当时警方全力侦查，调取了沿途监控，录像显示，林啸在某天夜里从单位下班，在回家的路上进入一个僻静的胡同后就消失了。之后，这段路有多名路人和车辆进出，还有两个关键路段的摄像头坏掉了，没能形成连贯视野，导致警方查看去向未果，不排除林啸被劫持的可能。

林啸的父母报案后，警方采集了林啸日常用品上的DNA痕迹，所以数据库中有他的信息。鉴定科一经数据查询，马上得到反馈，再与分局失踪人口调查部取得联系，确定了他的身份。

这就对上了。上次我们询问彭玲的家人，得知她肚子里孩子的父亲，就是林啸。

当时彭玲的父母提起林啸，表现得很冷淡。

这我倒是可以理解，毕竟未婚先孕这种事情，女方家肯定有意见。不过当时我忙着查刘乐天和彭玲之间的联系，只安排了一个年轻干警去寻找这个叫林啸的男人，也是卡在了他失踪的这件事上。当时我也怀疑过他是不是在刘乐天的房子里被害了，但监控和现场证据都显示他跟这房子没任何关系。

可现在，我们在刘乐天的房子里，竟然发现了这个失踪的男人的血迹。

他很可能已经遇害了。

根据当时的那段监控推测，他很可能被人劫持了。可怪就怪在，并没有人联系林啸的家人索要钱财，他本人也没跟人结仇，别人劫持他干什么？

案情查到这里就走进了死胡同，所有人都没了头绪。

看来只有再问问刘乐天了。虽然他不认识女死者，那认不认识林啸呢？

我重新找来了刘乐天。他站在我面前的时候，我突然感觉到这小子哪里不对劲。准确地说，是前段时间他身上那种畏畏缩缩的神态似乎更明显了。

“我们查到一个人，叫林啸，你认识吗？”我直截了当地问。

“认识。”刘乐天爽快得让人吃惊，“我租的这房子，上一位租客就是他。我去租房的时候，碰巧他在退房，我们还互加了微信呢。”

“最近你们有联系吗？”我问。

“我们没怎么联系过，不熟。”刘乐天说。

“林啸失踪了，这事你知道吗？”我装作漫不经心地说。

“不知道……”刘乐天听了这话，眼神迷离起来，“他……也死了？”

刘乐天的这个回答立刻引起了我跟韩东升的高度警觉。尽管刘乐天一直强调，他在梦里见到很多面目狰狞的尸体，所以当我们问他林啸的情况时，他才下意识地认为林啸也死了。但他这个近乎本能的提问，确实太可疑了。

不过第二天，房东那边的信息反馈也过来了，和刘乐天说的基本吻合。

其实接到报案后，我们马上联系了房东，不过从刘乐天开始，房东就把房子委托给了中介，因此我们当时只从中介那里获得了刘乐天的信息，忽略了此前房东直接出租的上一任租户林啸。

“案子越来越复杂了。”我搓了搓手，“林啸多半是遇害了，不过是在哪里遇害的还说不好，很可能就是在那间房子里。”

“我也这么觉得。”韩东升点头，“林啸和刘乐天到底是什么关系？林啸退租后，刘乐天住了进来，接着林啸失踪了，然后林啸女朋友的尸体又出现在房子里。这会是巧合？”

不可能，这个世界上没那么多巧合。

我们和刘乐天至少正式聊了三次，但刘乐天从没跟我们提起过前房客林啸，况且他们还打过照面，加过微信。

我心里有种不好的感觉：刘乐天一定隐瞒了什么。

第 5 节

他终于不屑于再伪装自己

关于彭玲尸体的失窃案我们也一直没有头绪，老旧的监控让我们无从下手。那个护士说当时好像留意到一个推着轮椅的人鬼鬼祟祟的，但她没在意。

从监控摄像来看，整个医院的人进进出出，被搀扶、抬走的病人太多，我们实在是无法确定尸体是怎么被运走的。

另一个问题是，这段时间尸体被冷冻在哪里？

这么完整的一具尸体，要想藏匿这么久，必须有足够大的冰柜进行存储。别说是尸体，就是同等大小和体重相同的猪肉，要想保存这么长时间，也是一件非常困难的事情。没有足够大的冷藏装置，是难以阻止它腐烂的。

如果刘乐天把它常温保存在家里，一定会散发出巨大的味道，邻居们很快就会察觉到异常。从现场尸体的腐烂程度来看，是室内温度的升高导致了它在短时间里迅速地溃烂，但在此之前，它应该被比较完整地保存了很长时间。

所以，即便这起盗尸案是刘乐天做的，他也没办法把尸体储藏在家中。

更大的问题在于，如果这真是刘乐天做的，他为什么要把这具尸体暴露在警方面前？

再来看林啸。

最初得知彭玲怀孕的时候，彭玲的家人非常恼火，好在林啸主动提出结婚。不过彭玲死活不愿意结婚，却又坚持要把孩子生下来。彭玲的家人还以为是林啸用什么花言巧语蛊惑了她，当面把他给打了一顿。

直到后来所有人才知道，彭玲生病了，时日无多，她一直瞒着家人和男朋友。

可林啸、彭玲和刘乐天之间有什么关系？灵光一现之间，我突然有了一个大胆的想法，决定从这个方向再试探试探刘乐天。没想到我竟然有了一个意外的收获。

再次坐到我们面前的时候，刘乐天表现得十分忧伤，和第一次跟我见面时的惊恐状态不同，他的目光里多了一份淡定。这让我有些吃惊。

我索性直截了当地切入正题，问刘乐天是否知道林啸还有个女朋友。

没想到刘乐天马上回答："不知道。"

他在撒谎!

正常人对这种问题是不会马上回答的，起码会稍微思考一下，在记忆中搜索有没有类似的信息。这是他下意识的回答。如果你问了一个人类似的问题，对方迅速地做出了反应，那只能说明，对方早有准备。

所以，刘乐天应该是知道林啸有女朋友的。他在隐瞒什么？

“林啸的同事们说，他平时为人平和，是个温文尔雅的人，很受同事们欢迎。”韩东升掏出一个笔记本，认真地说，“尤其是林啸的女同事，对他评价非常高，都说他很温和有礼，绅士气度十足，是个‘暖男’。”

刘乐天没说话，面无表情。

韩东升说完这些，轻轻地合上笔记本，问：“这些你都不知道是吗？”

“你们什么意思？”刘乐天站起来，说，“我说过很多次，我和林啸不熟，这事你们到底有完没完？”

这是我第一次看到刘乐天发火。他脖子上青筋暴突，脸上充满着一种奋力压制的戾气，一改平时唯唯诺诺的样子。看得出来，韩东升的话触动了他心里一个隐秘的点，让他难以抑制自己的情绪。

“你是现场唯一的目击证人，我问你点情况很正常。况且，你几次来这里，前后说辞都不一致，很难不让我们怀疑。”韩东升冷冷地说。

“你凭什么说我是犯罪嫌疑人？我被吓坏了，现场的情况根本记不清，说错难道不正常吗？”刘乐天的声音高亢了起来。

“就凭你的房子里出现了尸体！”我厉声回复他。

“别胡说了！”刘乐天声嘶力竭地说，“我房子里的尸体根本不是死于非命，你们就是这么冤枉人的吗？”

现场陷入一片死寂。

“你怎么知道那具尸体不是死于非命？”我盯着他问道。

刘乐天愣住了，瞪着眼睛看了我几秒钟，慢慢地重新蹲了下去。

我们把他带进审讯室之前，他再也没有说一个字。

事情到这里才终于找到了突破口。

我对刘乐天在我们面前露出的眼神比较感兴趣：不是愤怒，也不是愧疚或仇恨，更像是一种被提起什么不堪回首的过去后出现的悔恨。

我们对于刘乐天的审讯没有什么进展。

进到审讯室之后，他就闭口不言，眼神也变得冰冷刺骨。很明显，到了这个地步，他已经不屑于伪装自己了。

我见过很多凶杀案件的犯罪嫌疑人，但他们都没有刘乐天这么高超的掩饰技巧，在警察面前还能镇定自若地伪装犯罪行为。

刘乐天这种人，我在职业生涯中见得并不多。

刘乐天似乎并不畏惧自己被审讯，只是沉默地看着对面的审讯人员，眼神空洞。

这让我有些困惑。嚣张的犯罪嫌疑人我见过很多，但无论表现得多么满不在乎，他们对于自己的犯罪行为还是或多或少存在一些无意识的愧疚感，坐在审讯室里的时候，有经验的刑警可以从他们的眼神中看出隐藏在各种情绪背后的畏惧感。

刘乐天的眼睛里很干净，什么都没有。

在审讯室，我先是问了他房里的女尸是怎么来的，刘乐天嗤之以鼻，根本没有打算回答我这个问题。相对于第一次见到他时他的怯懦，此刻他眼神中的不屑和淡然反而更加坚定了我心里的猜想。

我清楚地告诉他，房间里的女尸并不是被谋杀的，而是病死的，至于尸体来路其实我们已经查明了。不过另一方面，林啸确实失踪了，去向不明。

刘乐天表现得好像漠不关心，但手指一直在摩挲着冰冷的铁椅边缘。

“林啸去哪里了？”我再次问。

刘乐天摇摇头，什么都没有说。他撇了撇嘴角，似乎对于这个名字有种奇怪的厌恶感。

“你认识林啸，这是毫无疑问的，而且你也知道林啸的去向对不对？要我说，他应该已经死了。”我看着刘乐天说。

他点点头，说：“是，我杀了他。”

刘乐天说出这话的时候非常平静，很反常。

“你是怎么杀掉他的？”我接着问。

“勒死的。”他立刻回答，“我用绳子勒死了他。”

“尸体呢？”我问。

不管我们如何问，刘乐天就是不肯透露把林啸的尸体怎么处理了。他的表情重新渐渐地变得麻木起来，最后他用手摩挲着椅子的边缘说：“你们警察就是麻烦，知道人死了就行了，还一定要找到尸体。我罪有应得，你们大可判我死刑，问那么多干什么？”

“这就是你的无知了。对我们警察来说，没有找到尸体，就像没有找到凶手一样。”韩东升在旁边插了一句。他非常生气，认为刘乐天在拖延时间，但更多的是对他的不屑感到愤怒。

没想到就是这句话，打开了刘乐天的心理缺口。

我能清楚地看到刘乐天轻微地颤抖了一下，如同被人揭开了伤疤。他第一次在脸上露出了愧疚的神色。

这说明韩东升说到了重点，触动了刘乐天心里最隐秘的地方。

我之前的那种似是而非的感觉变得更强烈了，一个大胆的想法在我的脑海中迅速地出现。我决定冒个险。

“林啸死了，但你不是凶手，对不对？”我用手指轻轻地敲打了一下面前的桌子，笑着说。

刘乐天的瞳孔收缩了起来，脸上却不动声色。这个细微的变化，不仅是我，连韩东升都看出来了。刘乐天激动地在椅子上扭动了一下，椅子摩擦着地面，发出一阵刺耳的声音。

如果一个人称自己杀了人，但其实他是无辜的，有三种情况：第一，他是被强迫的，有人抓住了他的命门，逼迫他承认自己是凶手；第二，出于某种原因，他产生了幻觉，认为自己杀了人；

第三，他在掩护真正的凶手。

刘乐天的反应很像是产生了幻觉。比如案发现场那条没人见过的狗，我一直觉得那应该是刘乐天的幻觉，但他的行为又像是在替谁做掩护。

问题是，为什么刘乐天对这条不知是否存在的狗有着这么深刻的印象？

我决定再加大力度查查那条狗。毕竟韩东升在现场真的发现过狗毛，这条狗很可能真的存在，而且这条狗搞不好对刘乐天有着异乎寻常的意义。

此前经过对刘乐天的同事进行走访，我们获知刘乐天可能养过一条边牧犬。

他性格孤僻、独来独往，和狗的感情很深。同事们虽然不知道他住在哪里——毕竟他也从来没有邀请过他们——但都知道他对狗有着一种发自内心的喜爱。

同事们说，他念叨最多的，是一条边牧犬。

我们决定重新走访刘乐天的邻居。

这是现场勘查的基本程序，我们其实在案发开始时就已经做过询问工作了。不同的是，当时我们的侧重点在于刘乐天的房子周围有没有什么可疑人物出现过，或者有没有什么人进出过他的房子，邻居们的回答基本都是否定的，更多的是不知情——不知道是不是巧合，刘乐天的房子位于整个楼道的尽头，对门恰好长期空置，所以即便是离得最近的邻居，也有一定距离，确实知道得不多。

当然，在之前的询问中，我们也提到了那条神秘的狗，当时邻居们说并没有看到刘乐天养过狗。虽然极少有人见过他，但邻居们从没在他的居处发现过他养狗的痕迹。

这次再进行询问的时候，那几个邻居都有些战战兢兢的，我们都能够感受到周围人诧异的目光。同第一次跃跃欲试的探求不同，这次他们的神情充满了慌乱和惊恐。毕竟这事已经过去有一段时间了，他们也听说了一些案件的信息，不管是谁，知道自己居住的楼道里出了凶案，也不会镇定自若。

这次，我们对于刘乐天养狗的信息探究得比上次详细得多。我们对楼里的各户都逐一进行了细致询问。

刚开始我们也和上次一样一无所获。毕竟刘乐天对于狗的喜爱之情并不病态，也许那只是他孤独生活中的一种寄托。现在很多人将感情寄托给宠物，人们已经司空见惯。

事情出现转机是从一声轻微的喟叹开始的。

走访到走廊另一端的一户人家时，因为反复听那些居民陈述的话和埋怨的声音，我和韩东升都有了些许的倦意。

毕竟我们是来了解案情的，并不是来倾听不文明养犬的诉求的——那些遛狗不拴链和宠物随地大小便等对居民造成不便的行为，似乎成了我们这次走访的核心主题，牢牢地占据着谈话的中心。

同样，这次和这户老人的谈话并没有什么进展。她两个小时都在絮絮叨叨地反复强调周围邻居养狗对她造成的不便和对于狗在电梯里随地便溺的厌恶，我和韩东升几乎要在她面前昏睡过去，但职责所在，只能强打精神继续这场冗长的会面。

虽然她毫不在意我询问她的问题，答非所问几乎持续了整段对话，但我还是在结束的时候表示感谢，毕竟这就是刑警的日常工作。调查询问的过程从来不是一个愉快的过程，枯燥无聊的谈话和徒劳无功的往返才是我们的日常工作。

送我们出门的时候，老人皱纹堆积的脸上终于露出一丝笑容。她扶着门框冲我们摆摆手，然后像是想起了什么一样，说："这小区里养狗的人太多了，没素质的更多。不像楼上那个丫头，素质高得很。"

"谁？"我扶住即将关上的门，问。

"楼上的那个丫头，我也不知道她叫什么。一次，我看到她抱着一条狗出来，那条狗好乖的，在她怀里也不叫，那姑娘看我一个人在电梯里，还示意我先走。"老人说到这里，脸上又重新露出了笑容。

"不像其他养狗的人，看到有人在电梯里还硬要挤上来，没素质！"她顿了顿接着说，"说起来，她好像抱的就是一条边牧犬。"

我心里抖了一下，问："那女人长什么模样？"

老人思索了一下说："忘了，实在是想不起来，这也是好几个月前的事情了。不过这丫头穿得倒是挺别致的，宽衣长袖的，看着就朴实。"

我的脑海中立马浮现出一个女人，韩东升的肌肉也紧绷起来，显然他也想到了邬静。

我们重新站在刘乐天面前的时候，他已经恢复了镇定，看着我的眼神再次漠然起来，直到我说出一个人的名字。

“你认识邬静吗？”

“不……认识。”他缓缓地摇摇头，眼神涣散，不过我看到他的手已经开始颤抖了。

“你认识她。”我敲了敲桌子，刘乐天像是被吓到了一样弓起了背。我接着说：“她当时打电话送你去了医院，你这么快就不记得了？”

“哦……那我认识。”刘乐天似乎松了一口气，垂着头说。

“她有条边牧犬，你知道吗？”我沉默了很长时间，才缓缓地说出这句话。

出乎意料，刘乐天什么都没说，现场陷入了死一般的寂静。过了很长时间，刘乐天抬起头来，眼睛里噙满了泪。

之后，他再也没有说过一个字。

刘乐天的表现已经说明问题了，他的这个“好邻居”，绝不仅仅是个邻居这么简单。连我旁边的韩东升都看出来了，邬静才是解开整个案件的关键一环。

第 6 节

水落石出，但真相永远那样令人痛楚

当我们敲开邬静房门的时候，她很惊讶。我们说明来意之后，她邀请我们进了客厅。我正在详细地询问邬静当时在案发现场看到的情况时，韩东升按照我们之前的安排，假意要借用一下洗手间。

邬静脸上露出犹豫的神情，不过转瞬即逝，她有些不情愿地答应了。

之后发生的事情，远远超乎我的意料。

邬静在之后的询问中开始语无伦次起来，说话颠三倒四，显然心神不宁。这恰好说明我和韩东升推测的是正确的。因此当韩东升示意我去另一个房间的时候，我心里有种抑制不住的兴奋。

推开房门后，韩东升指向的地方，赫然摆放着一个近两米长的冰柜。

我一下子僵在了原地，回头看去的时候，脸色煞白的邬静缓缓地重新坐回了椅子上，脸上竟然恢复了平静。

韩东升把邬静控制住之后，慢慢地掀开那个厚重的冰柜，一具完整的男性尸体出现在我们面前。

冰柜中那具面目狰狞的尸体，正是林啸。

刘乐天已经崩溃，但他对我们破获案件并没有造成阻碍，因为在我们面前的这个面无表情的女人，才是一切的始作俑者。

下面的话，来自这个如蛇蝎一般的女人。

“我叫邬静，职业是一名画师。这就是你们怀疑我上次录笔录时称现场没有味道，却迟迟找不到问题所在的原因，因为在这点上，我确实没撒谎。我常年跟各种油彩打交道，嗅觉早就没有那么灵敏了。

“一年前，我搬到了这所房子里，也顺便认识了楼下的住户，一个叫林啸的男人。

“我和他之前并没有什么交集，不过在电梯里遇到过几次，算是点头之交。后来，有一次我在家做运动吵到了他，交涉的时候互相加了微信，算是熟识了，但我们没有什么交往，只是偶尔在微信上互动。他早出晚归，我几乎都是在家里工作，也没跟他见过几面，更没一起出去过，所以周围的人都不知道我们两个有交集。

“不过随着我们在微信上的交流渐渐多起来，我觉得这个男人很有才华，而且长得很不错，看起来又很温柔体贴。难以想象，我爱上了他，直至后来深陷其中不可自拔。

“但林啸有女朋友，对我也没有爱意。他对女朋友很专一，我表白过几次，他都劝我不要纠缠他。可能是我表现得过于急切吧，他害怕了，又或许是他房子的租期到了，他迅速地退租了。

“他虽然搬走了，但是不知道是不是因为粗心，他忘记把我删除掉了，我还是可以从微信朋友圈关注他的动态。我知道他有个女朋友叫彭玲，是个老师。

“对了，林啸走了之后，楼下就搬来了这个叫刘乐天的傻子。你们对他应该很了解了。

“他这人木讷寡言，毫不起眼，我对他完全不感兴趣。

“这个傻子太容易相信别人了，我不过是和他稍微调了下情，他就以为我喜欢上他了。不过他真的太木讷了，连表达爱意的方式都笨拙无聊，比如我要求代养那条边牧犬的时候，他想都没想就同意了。要知道，这条狗可是他的宝贝呢，他搬过来那天我就看到他不停地抚摩着它，看上去爱得不行。

“我决定利用他报复林啸。我从小就是这样，想要的东西，要么得到，要么毁掉。

“其实我本来是打算对彭玲下手的，不过等我打探到她的情况的时候，她已经快死了。这个女人也十分爱林啸，所以她发现自己意外怀孕之后非常坚决地要给林啸留下一个孩子，又因为自己的身体不好拒绝了林啸的求婚。我不知道这是一种什么感情。

“我后来打听到，她死了，肚子里未出生的孩子也死了，而且她的尸体被捐献了出去，就在医学院的储尸池里。我打算先想办法把彭玲的尸体偷出来，放在我房间的冰柜里。也许是上天的意思，没想到我存放颜料的冰柜长度正好够放一具尸体。

“于是我叫上刘乐天，一起把尸体偷了出来。

“其实我把计划告诉刘乐天的时候，心里很害怕，担心他转眼就报警把我送进监狱，偷窃尸体可是一桩很大的罪名。不过看到他炽热的眼神我就知道，他已经走火入魔了——那一瞬间我还有点同情他。

“至于尸体是怎么运上来的——我是个画师，画师经常会运送一些包裹得严严实实的巨大的画作，我找个搬运工搬上来不就行了？这其实很简单。这个小区的电梯总是坏掉，这也给了我一个走楼梯的理由。只要我多给那些搬运工一些钱，他们没什么做不到的。

“不过我得庆幸，被福尔马林浸泡的尸体没有太大的腐臭味，那个搬运的中年人也不过是埋怨了几句，我解释为那是陈年画作上的防腐剂的味道，他也就不说什么了。

“接下来，我要让林啸知道我为他做的这一切，要亲眼看到他如何面对死去的彭玲。

“接着，我让刘乐天想法子把林啸给约出来。这个傻子还挺有办法的。他跟林啸说在房子里发现了林啸之前留下的东西，约林啸到房子里取东西。他担心被人发现，还特意提前在几条街之前的巷子口那里等林啸，开车把林啸接来后又谎称电梯坏掉了，引林啸走了楼梯，成功地避开了所有监控。所以，林啸失踪后警方一直没找到线索。

“看到昔日爱人的尸体，林啸整个人都崩溃了，要不是刘乐天帮忙下了药，我还真是没法控制住他。

“我用药迷晕了林啸，接着用绳子勒死了他，所以现场并没有留下什么痕迹。我看过警匪电影，戴手套就不会留下指纹，说到戴手套做事，我可是高手，画画的时候早就驾轻就熟了。这一切刘乐天都目睹了，但这个傻子当时已经吓呆了。

“后来的事情就顺理成章了。我让刘乐天把死掉的林啸从楼道背到我家，再放进冰柜，然后让刘乐天赶紧离开，过段时间再回来，现场我来处理。他想都没想就答应了。但他没有想到的是，我根本没管彭玲的尸体，就把她留在了他的房间里，并且封好了门窗。

“我要让她腐烂在林啸曾经住过的房子里！林啸必须是属于我的，哪怕他已经变成了一具冰冷的尸体。

“刘乐天一回来，当然知道这是怎么回事，但他不敢说，毕竟他也是帮凶。他当时已经处于半疯状态了，我只不过在他的耳边轻轻地说了几句话，他就吓昏了过去。我说了什么？对不起，我不会告诉你们。

“那条狗也是我计划的一部分，刘乐天的软肋就在这里。我知道他非常喜欢这条狗，于是用那条边牧犬要挟他就范，如果他胆敢告发我做的事情，我就杀掉他的狗，而且让他和我一起在监狱里待一辈子。

“实际上，那条狗早就在我试验麻药效力的过程中死掉了。他还以为真像我说的那样，因为这几天不方便，所以把狗寄养在了别人那里。

“但我想多了，这个傻子竟然对我做的事情守口如瓶，看来他对我是真爱。

“刘乐天这人有个缺点，就是胆小，我也没想到他一回来看到彭玲的尸体，竟然被吓晕了。当时我看到他倒在地上，突然就有了报警的心思。我倒是很想看看，你们警察会怎么查找真相，也想看看刘乐天这个傻子究竟会不会把我交代出来，他不是爱我爱得不行吗？”

我看着面前神态自若的邬静，感觉有冰冷的寒意从我的脊背慢慢爬上来，像是被一条蛇缠住了脖颈。旁边的韩东升已经从愤怒变成了悲伤，他皱着眉头看着面前这个女人，嘴巴紧闭、牙关紧咬，一句话都没说。

“我见过很多狠毒的女人，你算是比较特殊的一个。”我探头过去，接着说，“刘乐天和你无冤无仇，你为什么要这样折磨和利用他？”

“因为他蠢。”邬静冷笑着说，“男人都不是什么好东西，包括林啸。”

“我不知道你之前经历了什么，”我缓缓地说，“但你做的事情让你成了一个魔鬼。作为一个警察，在法庭审判之前，我不评判你的罪行，但作为一个普通人，我觉得你被千刀万剐，也死不足惜。”

我直视着她的眼睛说：“还有，林啸即便是死了，也没有爱过你哪怕一秒钟，我对这一点感到欣慰。要我说，即便林啸还在人世，你也不会得到你想要的爱情。因为你不配。”

这是我和邬静说的最后一段话，而且我感到很满意。因为我看着她若无其事的眼神渐渐变得黯淡，眼中充满了仇恨和悔恨。

明亮的办公室里，阳光穿过玻璃窗肆意地投射进来，给冬日涂抹上点滴暖意。韩东升点燃一根烟，问我：“为什么刘乐天说现场有三个人？还说有尸体向他爬过去？”

“痕迹检验证明，这些都没有发生，他真的出现了幻觉。”我说。虽然这只是我单方面的推测，但我想接下来的审讯和微量物证的检测会证明这一点。

在见证了邬静一系列惨绝人寰的做法之后，刘乐天的神经受到了巨大的冲击。这些发生过的事情在他的大脑中重叠，他难以分清现实和幻想，就连他最喜欢的那条边牧犬，在他混乱的想象中都成了恐怖场景的一部分。我最不理解的，还是他对邬静难以解释的病态的爱恋，甚至爱恋到不惜帮她毁尸灭迹的地步。

韩东升听后一直都没说话，只是在窗边一根接一根地抽烟。过了很久，他突然回过头，盯着我说：“我一直觉得刘乐天是无辜的，上次单独去犯罪现场也是想确认这一点。事实证明，我太幼稚。

在派出所的时候，我碰到的几乎都是在不加掩饰的恶意主导下的各种犯罪，从来没有碰到过这样丑陋的人性。师父，老实说，开始的时候，我其实还是对这个案件充满兴趣的，甚至不惜违反原则独自去现场勘查，不过现在，我有点庆幸没有在刑警队工作了。”

他的声音低沉了下来：“师父，不瞒你说，这个案子是我见过的案件里面最灰暗的。也许这对你来说司空见惯了，但这样肮脏的人性和暴虐的行径大大出乎了我的意料。”

他迟疑了一下，接着说：“也许，我的确不适合做刑警，还是琐碎的派出所工作适合我。”

我没有说话，只是轻轻地拍了拍他的肩膀。

这就是我们的工作。我在心里默默地说。正义面前，从来没有轻松可言。有些案件，即便已经水落石出，真相也永远是那样令人痛楚。

韩东升回过头，轻声问：“师父，你办案久了，会不会对人性感到失望？”

我看着眼前这个神情茫然但表情坚毅的年轻警察，指了指他身后在凛凛寒风中投下的阳光，一字一顿地说：“你记住，风再大，也永远不可能吹走太阳。”

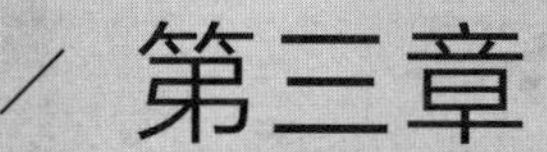

FENG MANG
TANG FENG TAN AN BI JI

死掉的罪人：多重偶然成就的无解之谜

第 1 节

犯罪嫌疑人三年前就死了

对很多罪犯来说，杀掉一个人并不需要充足的理由，可能一个非常微小的事件就会让他们动杀机。不瞒大家说，我自己有时也难以理解某些凶手的杀人逻辑。

当然，从犯罪心理学上来说，几乎所有凶杀案的凶手都有一个潜在的心理原因，只不过是某个时刻被激发出来，形成犯罪的冲动而已。

但我不是犯罪心理学家，真实的案件也不是小说，更不是本格推理，并非所有环节都有着严谨的逻辑关系。所谓激情杀人，可能只是一个眼神或动作，看上去虽微不足道，但足以酿成一场血案。有时在审问的时候，罪犯自己甚至都对这种突如其来的犯罪欲望感到吃惊。

人性是多面的。大多数罪犯犯罪都有着一定的偶然性，事先也没有经过周密的谋划。警察的主要工作是从蛛丝马迹中推导、查找出案件的证据，将凶手绳之以法，并非是推理论证谁是凶手。

坦率地说，刑事案件中的凶手大部分并不难确定，他们往往没有莫里亚蒂那样缜密的头脑和干净利落的身手，对案件的准备最多也就是经过了初步的策划，比如预先购置好作案工具，或者去了解对方的周边环境等。

这些，就已经算是凶手精心策划的犯罪手段了。

日常的刑事侦查就是这样琐碎和平庸，远没有影视作品中表现的那样惊心动魄。

今天我要讲的这个案子，听上去有些不可思议，凶手的策划过程也谈不上无懈可击，但最终凶手居然成功了，这倒是从侧面印证了案件的偶然性。

最开始这个案件并不是刑事案子。

一个男人在医院病发身亡，医生束手无策，家人悲痛欲绝。这是个很常见的场景，让人感慨生命无常，残酷点说，这种情形在医院这个特殊的场所并不少见。

这次的不同在于，家属对病人的死因提出了疑问。医院在治疗之后没有令病人好转，听到家属的质疑声的时候，医生们显得很紧张。不知道什么时候，医患关系变得前所未有的紧张，医生俨然已经成为一个高危职业。

幸而这次不同，病人家属虽然质疑病人的死因，但并没有将矛头指向医院，而是带着巨大的疑问选择了报警。

案件转到刑警队后，我去询问了病人家属。一个看上去很普通的中年人声称是死者的表哥，这个四十多岁的男人一谈起表弟，面孔顿时生动了起来。他唾沫乱飞、指天咒地地发誓，说表弟绝不可能突然死于不治之症。他说表弟平时身体健康，甚至连感冒发烧的症状都很少出现，突然得了不治之症，而且这么快就走了，一定有蹊跷。

我对此不置可否，因为我见过太多这种自以为是的人了。很多人忘记了一个基本的常识：专业的事情，一定要交给专业的人去做，并且给予充分信任，切忌用不专业的言论去指手画脚。

不过既然对方提出来，警方也没有理由拒不接收。征求过家属的意见后，尸体被送到解剖室由法医进行解剖，以确定死因。

拿到解剖结果的时候，我沉默了。

法医中心的老徐站在我身后悄悄地说，这个死者的死因，是有些蹊跷。

死者的确是死于某种不治之症，但这个病不是原发性的，而是通过药物引发的。也就是说，死者很可能是被投毒致死的。这种不治之症是投毒后的结果，可死者表面看起来像是自然发病而死的。

我提出了疑问：如果死者的不治之症起因于投毒，毒药肯定会在短时间内引发剧烈的生理反应，死者不可能一直毫无知觉，等到病入膏肓才去就医。

“这就是蹊跷的地方。”老徐神秘地眨眨眼睛，“这种药物引起的不治之症，需要小剂量长期投毒才可以。死者是因长时间被人投毒而出现不治之症，别说医院检查不出来，一般的法医都未必能发现。”

老徐得意地看着我，似乎刚才说的不是一桩命案，而是一起普通的医学案例。没等我说话，他补充说：“你肯定会问我为什么能够看出这点，是吧？我之前听我的师父讲过国外一起这样的案例，一直记忆犹新。”

他敲了敲我的肩膀：“死者有老婆吧？请她来问问话吧，十有八九就是她。”

我愣住了，对老徐说了一句话，接着老徐的笑容僵在了脸上。

我告诉老徐，死者的妻子三年前已经去世了，他的推断不成立。

在征求死者家属意见的时候，我们首先要询问的就是死者的妻子的意见。

死者叫马行空，他的妻子三年前已经病逝，两人有个儿子。马行空的父母尚在，不过没跟他住在一起，他的这个表哥因为跟他合伙做生意，所以来往比较多，对他也比较了解，这也是表哥会觉得马行空的死因不正常的原因。

我没有第一时间告诉这位表哥马行空的死因，毕竟我不确定这案子是否像老徐推断的那样，还不能妄下定论。

按照侦查流程，我对这位表哥进行了详细的询问。这个男人表现得非常焦急，对表弟的死因似乎有浓厚的兴趣，不是特别悲伤，这引起了我的注意。一番问询之后，我似乎明白了其中的缘由。

马行空和表哥两个人经营着一家小型公司，经过几年打拼，熬过最初几年的苦日子，现在生意蒸蒸日上，可以说日进斗金，而且公司未来可预见的发展前景也十分可观。

如今，其中一个合伙人突然死了，自然存在对企业效益的影响。但这些都不是最重要的，最重要的是，马行空还有个儿子。于是，遗产的继承问题成了表哥要面对的最棘手的问题。他得想办法拖延侄子继承遗产，想出独揽经营权的对策。他可不想今后事事都跟一个孩子商量。

所以他选择“愤然”报警。不过他可能没想到，他释放的烟幕弹竟然阴错阳差地成了揭开表弟死因真相的序幕。

当然，这只是我的推测。按照凶杀案件的侦查原则，这位表哥还是被列为犯罪嫌疑人进行了调查。结果一无所获。

种种迹象显示，马行空和表哥的关系确实很好，已经形成了基于经济和家族血亲的紧密合作关系。马行空的死会大大减损企业收益，不仅不会让表哥得利，反而会给企业造成巨大损失。之前已经有几个职业投资人对这个企业产生了浓厚的兴趣，现在在洽谈合作阶段出了这种事，对方肯定要重新评估企业的潜在价值。

个人关系方面，比起脾气暴躁的表弟马行空，表哥算是个不错的男人，规矩、本分，还有一点商人独有的狡黠，凡事从利益出发，但又谨小慎微，跟马行空的性格正好互补。

详细了解了马行空的人际关系后，我们初步排除了表哥的作案嫌疑。

马行空还有一个儿子，自然，他也是我们重点调查的对象。

见到这个叫马力的男孩的时候，我有点失望。面前这个男孩，跟我想象的不太一样了——他表情木讷，外貌普通。

我甚至对他平凡的衣着和普通的谈吐有些吃惊——作为一个小企业主的儿子，他未免也太平庸了些。

他并不紧张，看上去很淡定。虽然他开口说话的时候带着些颤音，但我看得出来，他对自己被请到公安局这件事并不意外。

经过简单的询问我才明白，他何止不意外，对他来说这简直是家常便饭。倒不是这个男孩经常闯祸，正相反，这个看上去普通的男孩子成绩优异、待人礼貌谦和，他多次出入公安局，是因为他的父亲。

不错，就是死去的马行空。

在儿子马力的口中，父亲马行空是一个十足的浑蛋。提起父亲的时候，这个男孩的脸上第一次露出复杂的表情。

马力说，父亲狂妄、自大、暴虐、粗俗，自打他记事起父亲就不断跟母亲争吵、打斗，严格来说，是父亲暴打母亲，他经常去公安局指控父亲家暴。在频繁的家暴中，母亲遍体鳞伤、奄奄一息，终于有一天，弱小的男孩在冲上去保护母亲的时候，被父亲一下子推倒在门框边，撞伤了头，母亲像疯了一样对父亲又抓又咬，拿起菜刀狂怒着要和父亲拼命，这才吓退了这个粗鄙的男人。

从那之后，他们离婚了，马力和母亲一起生活，拒绝来自马行空的任何施舍。

对此，马行空非常懊恼，又无可奈何。不过，他把这种懊恼转化成了厮混的动力，开始更加频繁地和不三不四的女人来往，出入各种娱乐场所，只在每月例行探视孩子的时候，才流露出一点悔恨和愧疚，但转眼就再次沉浸在酒精的麻醉中，把儿子和前妻抛到了脑后。

三年前，繁重的生活压力终于击垮了马力的母亲，一场大病后，她终于走到了生命的尽头。直到在医院咽下最后一口气，这个女人都没让马行空走进病房。虽然马行空在前妻面前悔恨万分，但在马力看来，一切都没用。

马力在讲述这一切的时候，始终面无表情，像是在说别人的事，只有谈到母亲逝去的那一刻，他稚嫩的脸上才露出一丝悲伤。

“你恨你的父亲吗？”我问。

“当然恨。”马力说，“我早就恨不得他死，现在他终于死了，我很高兴。”

这话让我的内心抖了一下。我看着马力的眼睛，问：“你父亲怎么死的，你知道吗？”

马力茫然地看着我，我重复了一遍问题，他才说：“不清楚，我不关心。”

他冷漠地说：“我不是他的儿子。他不过是我生物学上的父亲，在感情上，我的父亲早就死了。我只有母亲，没有父亲。”

事情到此告一段落。马力的陈述勾勒出了一个不幸的家庭，但我没有获得关于凶手的线索。

虽然马力说父亲马行空死了他很高兴，但这也不能说明他有嫌疑，从他的经历来看，他恨父亲可以理解。况且，如果马力真的对他的父亲下了毒，在公安局这样不加掩饰地表达对父亲的恶意，肯定不是一个明智的行为。

不过，感觉归感觉，职业素养还是要求我认真地面对每一个可能的线索。

我详细地调查了马力和他父亲近期的行踪，发现两人的生活的确没有重合。此前父子俩的确通了几个电话，但这段时间没见过面。而且两人的通话时间都很短，大多只通了十几秒钟。我问过马力，他表示那都是马行空希望来探望他的电话，都被他直截了当地拒绝了。

马力说，别说是母亲死后，在母亲生前，他对马行空的探望都是拒绝的，要不是母亲劝他，他根本都不会见马行空一面。

调查表明，马力说的是实话，在他的母亲死后，他确实没和马行空再见过面，更谈不上有交流。

我们还了解到一个情况，马力的母亲去世的时候，马行空曾经到医院留下一笔钱，马力收了这笔钱，但之后几年他一直都勤工俭学，没再花过马行空一分钱。倒是马行空隔三岔五地往他账户里汇钱，数目都不小，但这些钱马力都没动过。

案件的侦查陷入了死胡同，我一时找不到更有价值的线索。

出于保密，我不能公开那种致病药物的成分，但我咨询过老徐，他告诉我这种药不难买，药店随处可见。这在无形中增加了排查的难度，毕竟谁都可以买到的东西，很难让人确定它的来源。

第 2 节

这个情人不简单

另一方面，马行空的社会关系极其复杂，调查起来费时费力。

令我意外的是，接触过他的人对他评价都不错。在外人口中，这个人诚信、直率、精明又懂得周旋，是个不可多得的商业人才。

马行空复杂的人际是个无底洞，我们找不到什么突破口，毕竟生意场上虚与委蛇又逢场作戏的应酬实在是太多了，想从他们中调查出可用的线索，无异于大海捞针。

我将注意力重新集中到他表哥的身上。他跟马行空交往频繁，对马行空生前的事情了解得最清楚。

况且，我这段时间的调查方向也来自他，所有饭庄、酒店甚至私人会所，都是他们经常厮混的地方。老实说，从这些地方的消费来看，他们的企业的确是做得风生水起。

这次我没必要再隐瞒了，我也想看看这位表哥知道马行空死因后的反应。

我告诉他马行空的确是被人毒死的，不过我没有告诉他更多信息，毕竟案件到现在还没什么头绪，这位表哥是否是犯罪嫌疑人也不可知。

表哥瞠目结舌，半天说不上话来。鉴于之前见过太多“演技派”罪犯，我只是静静地等待他回过神来，接着饶有兴致地问他为什么如此吃惊。

“不是你说你表弟的死因有蹊跷吗？”我问。

他嗫嚅着说不出话，支吾了半天才把实情和盘托出。

果然不出我所料，他对马行空的儿子能轻而易举地继承这笔遗产，甚至在公司中有一席之地这点心存不满，再加上他对表弟的死因隐约有些疑惑，索性报警想把事情搞大，让马力继承遗产这件事情没那么顺利。

他当然不能把这个腌臜的动机告诉别人。

“我不相信你。”我直言不讳，“毕竟你作为死者生前最亲近的人，一下子就猜中了他的死因有蹊跷，现在你告诉我你是凭空乱说的，让我怎么信？”

表哥没想到我如此直接，愣住了。等回过神来，他犹豫地说道：“我没必要骗你，我说的都是真的。如果我是凶手，干吗贼喊捉贼？”

确实如此，他说得对，因为他没有杀害死者的动机——调查显示，从各个角度来说，合伙人死了对他没什么好处，反而会让生意受损。

“你表弟的前妻已经不在了，他和儿子的关系也不好，你知道吗？”我问。

表哥低下头，过了很久才说：“是啊，我知道。我这个表弟，虽是块做生意的材料，但是作为一个男人，他确实差劲了点。不瞒你说，我也劝过他几次，但他听不进去。现在他的老婆不在了，他只有儿子这一个牵挂，别看他平时硬气得很，可孩子始终是他心里的一根刺。他们关系差得很，那孩子都不接他的电话，他去学校看过几次，约孩子出来都不敢用自己的手机号给孩子打电话，还得冒充快递员。你说搞笑不搞笑？”

表哥说到这里，似乎想缓和一下气氛，咧开嘴笑了笑。不过在我看来，那种笑容充满着苦涩和无奈。

“后来呢？”我问。

“没用的。他以为在电话里换个声音就能骗孩子出来，可那孩子出来后，一看是他，扭头就走。有一次我陪他去，眼睁睁地看着他在孩子背后给孩子跪下了。”表哥抹了把脸，接着说，“那孩子的心确实硬，他到底没有回头。”

“孩子为什么那么恨他？”我问。

“你不知道吗？”表哥很吃惊，“他打老婆打得厉害，伤到孩子了。我们生意做大后，他在外面有个情人，老婆知道后当然受不了，他又动手了。孩子就在一边，看不下去了上去阻拦，被他一巴掌扇倒在地，一只耳朵听不见了。”

我心里一紧：“他的儿子一只耳朵是失聪的？”

表哥点点头："这孩子也是可怜，摊上这么个老爸，所以，他恨他爸我也能理解。反正……我这个表弟确实是个浑蛋，这个没的狡辩。"

难怪这孩子表情木讷，原来他一只耳朵听不见声音。奇怪的是，马力上次来，从头到尾都没告诉我这一点，回答我的问题答得也还算流畅。回想起来，我当时和他说话的声音并不大，考虑到他的父母都不在了，身世可怜，我还刻意把声音放轻了很多，估计当时很多问话都是他半听半猜回答的。即便是这样，他也没有说出自己的生理缺陷，看来这孩子自尊心很强。

表哥的话提醒了我，我问他："那个情人叫什么？"

"我哪里知道叫什么？"表哥嘟囔着，"当时他的老婆一副要拼命的样子，那情人吓坏了，再也不敢和我的表弟来往了。毕竟人家是图财的，又不真是图爱情，害怕哪天被人泼了硫酸都不知道。"

"这是什么时候的事？"我问。

"好多年前的事了，我都记不清了。他现在有钱了，情人有好几个。"说完他马上感到不妥，止住了话题，脸上也露出讪讪的笑容。

我对此却很感兴趣，让他把他知道的马行空的"女朋友"们的联系方式留了下来，但他说只知道其中一个人的联系方式，那个女人叫魏帆。

见到魏帆的时候，我有点吃惊。这个女人已经35岁了，不再年轻，有着一张明显的整容脸——尖下巴和各种假体堆成的精致面容。我见到她的时候，她正眉飞色舞地和别人聊着天。

我亮明警官证后，她瞬间闭上了嘴，有点害怕地看了我一眼，把我领到她的店里。店里的装饰和挂件一看就是网红店的标配。果然，她是做微商的。

当我问起她和马行空的关系时，她倒是毫不避讳地说两个人是“耍朋友”的，关系已经持续两年了。马行空平均每个月来找她一两次，留下点钱，接着就杳无音信了。

我如实告诉她，马行空死了，我们发现有人为下毒的痕迹，想找她了解一下情况。当然，我没有告诉她马行空中的是慢性毒。

她表现得很吃惊。在她确认马行空的死讯后，她的表情黯淡下来。我问她马行空生前有没有什么异常，魏帆皱着眉头摇了摇头，点燃一根烟深深地吸了一口，接着陷入了沉默。

我再接着往下问，魏帆的话明显少了。在得知马行空的死讯后，她很紧张，说话也开始有一搭没一搭的。我看继续问下去也没什么价值了，准备转身走的时候，魏帆突然犹豫着问我：“他的儿子还好吧？”

我一个激灵，转身问：“你认识他的儿子？”

“见过。”魏帆干脆地说，“和马行空吃饭的时候见过一次，印象太深刻了。当时他不知道哪根筋搭错了，喝酒的时候跟朋友打赌，说自己有个上大学的儿子。人家不信，说‘就你这德行还有上大学的儿子’，他急眼了，非要证明给对方看，一个电话打过去。也不知道他在电话里说了什么，孩子来是来了，但一进门看情况不对，当时脸就黑了，指着鼻子骂了他爸一句，转身甩门就走了。后来那个家伙喝得烂醉，还吐了我一身。”

“你怎么想起来问他的孩子了？”

“他的老婆不是没了嘛，孩子一个人怪可怜的。”魏帆又点了一根烟，挥挥手说，“没事，我就是随便问问。”

不对，我总觉得魏帆这番话意有所指，不是随便问问那么简单。不过我知道，继续追问下去估计也问不出什么了，留下联系方式就离开了。

但我始终觉得，这个魏帆，不简单。

第 3 节

事实证据俱在，但我的工作还没有完

按照马行空表哥的说法，马行空不止这一个女朋友，苦于线索全无，我只好重新整理了马行空生前的通话记录和对方的联系方式。不得不说，他的人际关系很广，我用了很长时间才从通话记录中厘清哪些是他的生意伙伴，哪些是他的“女朋友”。

马行空这半年内的通话记录显示，他的活动很有规律，他每个月都会给不同的女人打几通电话。

联系询问之后我发现，基本可以确定，马行空固定的有偿性服务对象一共有三个，分别住在这个城市不同的小区。其中，只有魏帆一个人是有职业的，其他两个女人要年轻很多，初中毕业，无业，靠寻找不同的“金主”为生。

让我稍感意外的是，她们都说马行空是知道自己还有别的“金主”的，但他不避讳跟她们交往。

两个女孩的这番话让我对马行空有了新的认识，也刷新了我对人性廉耻下限的认识。

询问的过程冗长无趣，两个女孩都对“死人”这个话题讳莫如深，甚至在我刚刚说出马行空死了时她们就尖叫起来，接着开始不断地埋怨这个男人多抠门、多无趣，甚至开始不加掩饰地嘲笑马行空的一些难以启齿的细节。

我又分别询问了她们知不知道马行空儿子的情况，得到的都是否定的答复，两人甚至都不知道他有个儿子。其他方面，同样没什么有价值的线索。

虽然我在她们这里没发现什么，但在魏帆那边有了一个新的发现。我看着刚刚拿到的通话记录，这个女人再次引起了我的注意。我是时候重新试探一下她欲言又止的秘密了。

再次见到魏帆的时候，我吃了一惊，她似乎憔悴了很多，眼圈周围的细纹也更加明显了。我请她坐进询问室，她马上变得不自在起来，问能不能抽一根烟，我同意了。点上一根细长的香烟之后，她长长地吐出一口烟，整个身体都放松下来。

我直截了当地告诉她，案件有了些新的进展，需要她配合调查。

魏帆不耐烦地说，上次见面就已经告诉我所有她知道的了，不明白还有什么好调查的。

考虑到她上次和我见面时的反应，我打算再次从马行空的儿子那儿开启这个话题。

“关于马行空的儿子，你还有什么想和我说的吗？”我问。

魏帆面无表情地看着我，说：“我说过，我和他不熟，只见过一面，那孩子挺好的。说起来，在这个年龄，我也该做妈妈了。不过我混得不好，估计这辈子是不会有自己的孩子了。”

说到这里，我看到魏帆的眼角湿润了。

“马行空没离婚前有个相好的，是不是你？”我问。

“不是。”魏帆皱着眉头说，“我认识他的时候，他已经离婚了。我没做过第三者，也不会去勾搭有妇之夫。”

我很欣赏这女人直率的性格。我接着问：“那你觉得他的死有可疑之处吗？”

魏帆愣了愣，说：“你不是说是投毒吗？这事跟我没关系。”

我回答她：“我没说和你有关系，只是想告诉你，我们发现马行空是由于长期服用小剂量慢性毒药而死的。”

魏帆拿烟的手轻微地颤抖起来，她狠狠地咬了一下嘴唇。

“你真的只见过他儿子一次吗？”我接着问。

“是的。”魏帆有些懊恼，“我已经告诉过你很多次了，你到底什么意思？”

“你没有说实话。”我直言不讳，“在他儿子这件事上，你撒谎了。”

魏帆怔住了，脸上虽然没什么表情，但我注意到她在椅子上艰难地转了一下身体。

“我不知道你们之前什么时候见过面，但我查过通话记录，你们最近联系过。”我敲了敲桌子，问，“我说得对吧？”

魏帆又扭动了一下身体，直起了腰，没有说话。

“就在我去找你的第二天，你就和马力通了个电话。”我拿起桌子上的通话记录说，“能告诉我，你们都聊了些什么吗？”

“我觉得他挺可怜的，父母都没了，小小年纪成了孤儿。他是行空的儿子，我对他也有几分怜爱，打电话安慰他几句，这没什么吧？”魏帆着急地解释道。

魏帆显然说谎了。我直接告诉她，以她的身份，我们很难相信马力会接受她的好意。况且，我也不信魏帆会做这种费力不讨好的事，马力也没那么容易接受她的好意。

魏帆的声音高了很多，她敲打着桌子问：“我们不就打了个电话，这也有罪吗？”

“当然没有。”我指了指身后的门，说，“不过，马力也被我们请来了，在另一个房间进行询问。你觉得他会不会说出你那通充满善意的电话的内容？”

魏帆笑了，弹了弹烟灰：“你糊弄孩子呢？我虽然不懂你们那些套路，但好歹也在社会上混过几年，想诈我啊？”

我没说话，直接站起来打开房门。对面的询问室里清晰地显现出马力的身影，魏帆的脸唰地白了。

“我们的同事正在赶去你家进行全面检查。这只是例行检查，但如果我们发现你家有致病的毒物，你很清楚会有什么后果。”

魏帆在椅子上局促地扭动了几下，显得很不自然。我看着魏帆说：“我猜，你应该是利用了这孩子对他父亲的恨意。坦白地说，如果你做了什么违法的事情，这孩子搞不好也是个从犯。”

魏帆的表情凝固了，嘴唇哆嗦起来，过了很久她才迟疑着说：“不对，恰好相反。我才是被利用的那个，他才是……他让我做的。”

我有些意外：“做什么？”

“下毒，”魏帆脸色煞白，“是马力让我做的。”

“一个孩子怎么可能指使你做这种事情？你刚才也说了，你是个‘老江湖’，怎么会这么轻易地听个孩子的话？”

魏帆激动得满脸通红：“我没说谎，确实是他让我做的！我不知道那东西有毒！”

我心里已经有数，探身过去说：“不妨告诉你，马力在大学读的法律专业——这你可能还不明白，也就是说，对于犯罪行为的后果，他比大多数人都要清楚。如果说你们在交往中有什么违法行为，我不敢保证你们到底谁受到的刑罚会更重一些。”

魏帆的嘴唇哆嗦起来，她急促地抽了几口烟，接着说：“我真的不知情，我……也是上次你来找我之后才知道那是毒药。”

后面的事情就简单了。

据魏帆交代，两年前刚刚认识马行空不久，她在一次饭局上第一次见到了马力，那次见面后不久，她又在马路上偶遇了马力。魏帆因为不久前和他见过，所以很容易就认出了他。她感到特别尴尬，令她意外的是，马力倒是非常热情地邀请她吃饭。

这让魏帆感到更加不适，所以她一开始拒绝了，不过马力说有关于父亲的事情找她，她便答应了。

马力倒是很坦率，承认和父亲关系很差。两人的感情一时半会儿是无法恢复的，特别是母亲过世后，他对父亲的成见更大了，可毕竟马行空是他的父亲，是他在这世上唯一的亲人。

他很坦诚地说，他对父亲重新找女朋友这事并不在意，这和他没关系。魏帆可不相信这番话，毕竟她在酒桌上见过马力愤恨的眼神，也知道他的母亲刚刚撒手人寰，这种时候和父亲的女朋友坐在一起，正常人很难不产生敌对情绪。

不过马力表现得很自然，加上魏帆当时对马行空还心怀幻想，想和他交往一段时间就结婚——如果真的得偿所愿，很可能之后马力也是她的儿子。这种对未来的期许让她的情绪渐渐平复下来，她渐渐地接受了马力。

谈话进行得异常和谐，直到结束，马力都没有对魏帆提出任何请求，反而是魏帆主动问他今天约她有没有什么事。闻言，马力这才恍然大悟般地从随身的包里拿出一盒包装好的饮品，说这是母亲临走前交代自己转交给父亲的，不过母亲反复叮嘱不要说是她给父亲的东西，让马力以他自己的名义交给父亲。

魏帆接过东西仔细地看了看，是一种冲剂，类似补品。马力看她好奇，告诉她这是他家乡的一种特色补品，泡水喝的，有去病止咳、强身健体的功效。

他说母亲生前十分喜欢喝，临终时虽然没表示原谅父亲，但心里还是挂念着父亲的，也希望他能跟父亲好好相处。因为今后他得靠父亲照料，所以母亲嘱咐他一定要给父亲带一盒，算是尽最后一点夫妻情谊，也希望借机修补父子俩的关系。

魏帆听得有些感动，拿着那盒饮品，眼眶有些泛红。马力看上去也很难过，反复叮嘱魏帆不要和他爸提起这盒礼物的由来，还说对父亲的反感和自己的自尊心让他无法正面对父亲摆出任何妥协的姿态。就算是母亲要求他以自己的名义送给父亲，他也不能接受。

后来，马力请求魏帆记得给他爸冲泡着喝，对身体好，毕竟现在魏帆就是他爸身边最亲近的人了。马力还表示很感谢魏帆的照顾，之后如果她做了自己的继母，也一定会跟她好好相处。

魏帆感动得眼泪都流了下来，或许一半是因为马力这孩子难得有这份孝心，一半则是因为心怀跟马行空结婚的美好向往。马力这番话可以说瞬间击中了她，她毫不犹豫地答应下来，承诺绝不会跟马行空提这东西的来历，成全他的一份心。

马力还告诉她，这盒饮品都是手工制作的，很难得，一次不能喝太多，否则反而对身体不利，所以每次只能给他爸冲泡一点，持之以恒才有疗效。

魏帆满口答应，毕竟面前这孩子可能不久后就是自己的孩子了。她是个守信用的人，虽然之后马行空来她这儿的频率越来越低，但她每次都会给他冲泡一点饮品。因为这东西无色无味，马行空也只是把它当成魏帆对他的关心，没有拒绝，每次都一饮而尽。

直到我上次过来调查。

知道马行空的死讯后，魏帆并没有多悲痛——他很久没找过魏帆了。两人相处得久了，感情也渐渐地淡了，现在的魏帆，不过图他定期送来的那些钱——虽然一开始，他们甚至都要谈婚论嫁了。

我第一次去找她时，说起马行空死于投毒的一瞬间，她确实想到了长久以来自己一直在做的那件事情。虽然她有怀疑，但马行空最近才病亡，如果是她给他喝的饮品有问题，那他应该不会这么长时间才出事。因此，魏帆并没有过于紧张，但反复思量之后，她还是给马力打了个电话。

电话里，她反复问那盒饮品到底是什么。马力在电话里没多说，只是很冷淡地告诉她别多想，饮品没问题，接着就不耐烦地挂断了电话。

我们迅速赶去了魏帆的住处。幸运的是，那里还有装冲剂的盒子和包装纸，我们在上面提取到了魏帆和马力清晰的指纹。经过检验，包装纸上残存的微量物就是那种致病药物。

事实证据俱在，但我的工作还没有完。

经魏帆粗略回忆，我们判断马行空饮用的剂量不足以让他致命，除非他最近持续定期去魏帆那儿，而且还每次都饮用了这种药才能够导致最终病发。可是魏帆一口咬定，马行空最近去的次数越来越少，最近一次去已经是几个月前。照这个频率，她肯定没办法让马行空摄入足量的药物。

但他的确死了，而且死于药物中毒引起的不治之症。

唯一的解释是，还有人在给他下毒。

我想到了马行空的另外两个“女朋友”。马力会不会也找了她们?

审讯她们没什么难度，我却一无所获。两个女孩很轻易地就招供了和不同男人交往的事实，但矢口否认给马行空下毒。

反复讯问和现场勘查都表明，她们说的是实话。

既然不是这两个女孩下的毒，那问题来了，马行空到底从哪里又接触了致命药物?

我专门去找了老徐，他皱着眉头想了半天，说：“解剖显示只有这一种致病药物，没别的了，但这种药物只有食用足量才会产生致命的效果。”老徐像是想起了什么，突然说，“对了，这家伙的肺都黑了，是个烟鬼，不过这和他的死因没什么关系。”

我有些失望。吸烟这点是没什么特别的。

真相似乎近在咫尺，但又差点什么。

马力不再说话，只承认确实在给魏帆的饮品里下了毒。

第4节

不杀他，我会后悔一辈子

我决定再问问马行空的表哥，毕竟他是跟马行空接触得最频繁的人。

马行空的表哥再次坐在我面前的时候，表情很惊恐。

“你的表弟还有什么仇家吗？”我问。

“应该没有。他虽然对家人不好，但对朋友和生意伙伴还是蛮义气的，和他合作过的人都知道他好打交道，我和他合伙也是看中他这点。”表哥停顿了一下，问，“我能抽根烟吗？”

我点头，递给他一根香烟。他如获至宝地接过去，点上后美美地抽了一口。

我突然想起了老徐的话，问：“你的表弟也抽烟吧？”

他抬起头，从腾起的烟雾后面看着我：“他就是个‘老烟枪’，没有烟一天都活不了。”

这话像子弹一样击中了我，我突然有了一个大胆的想法。

我的脑海中突然闪现出搜索马行空家时看见的一个撕掉的烟盒，我连忙问：“他抽的是什么牌子的烟？”

“本来是中华，软的。那个烟好抽，看着也有派头。后来有一段时间他好像换了，是什么来着……”他思考了几秒钟，说出了另一个香烟的牌子。

“他多久之前换的烟？”我问。

“不记得了。他也不是总抽那个，就中间间隔着抽几根，平时还是抽中华，我也没特别注意。我之所以记得，是因为当时还开玩笑问他，是不是财务出了问题，怎么改抽这种烟了。”

我想起在马行空房间里看到的那个被扔在柜子角落的烟盒，给鉴定科打过电话后，又驱车去了一次他家。

鉴定科的采样显示，在他家发现的那种烟盒上提取到了药物残留和指纹。令人兴奋的事情发生了，烟盒上有马力的指纹。

上次马力来警察局采集指纹和做询问的时候，恰好碰上魏帆也在接受询问，这件事为我获取魏帆的口供提供了帮助，我没想到采集的指纹在这里派上了用场。

我想，是时候和马力再谈谈了。

马力坐在我面前的时候，脸上仍然挂着那种呆滞的神色，直到我提到一个名词，他才微微地抬头看了我一眼。

“这个牌子的香烟是你给你的父亲买的吗？”我问。

“不是。”他冷冷地说，“我为什么要给他买东西？他不配。”

“你撒谎。”我说，“这已经不是你第一次给你父亲送东西了。”

马力没接话。

我从旁边的柜子里拿出几个包装纸袋放在他面前，问：“这个认识吧？上面有你的指纹，魏帆说这是你给她的。”

马力直勾勾地看着眼前的东西，半天才说：“你们怎么知道？”

我敲了敲桌子：“你利用她给你的父亲投毒，还特意嘱咐她分剂量让你的父亲喝下，你已经承认了，这么快就忘了？”

“这个你们既然都知道了，那还问我干什么？”马力的声音高了起来。

我指了指旁边的香烟盒，说：“我只是想知道，既然已经有魏帆投毒了，那你为什么还要用香烟？怕剂量不够？这上面同样有你的指纹，你赖不掉的。”

马力沉默了，很长时间后才舔了舔嘴唇，说：“没想到……这也被你们发现了。我只是担心那个女人。”马力冷冷地说，“魏帆是不是真的给他喝了药，我不好保证，也许她自己把那东西喝了呢？我得确保他确实被下毒了。”

我心头一震，忍不住问：“就这么简单？只是个保险措施？”

“就这么简单。”马力说，“你说得对，是个保险而已。”

“你就这么恨你爸？无论如何都要杀死他？”我忍不住问。

“是的。”这是坐在我面前的这个男孩关于这个问题的回答，他的声音无比坚定，“为了达到这个目的，冒多大的风险都值得。我恨他，深入骨髓的那种。”

马力表现出了和他年龄不相符的冷静，说：“我策划这件事情很久了，每一步的实现都想过很多种方案。我没法做到万无一失，只能碰碰运气。没想到，老天保佑，我成功了。”

“到底为什么？”我问，“因为他对你母亲的家暴和导致你失聪吗？”

“因为我妈就是被他害死的！”马力咬牙切齿地说，“我妈离婚前就已经受伤很重了，但她是个要强的人，咬牙硬撑着打工供我上学。我太粗心了，直到她撑不住昏倒在地，才发现她已经病得这么严重了。去医院拍片子的时候，我才第一次发现，她身上竟然有那么多大大小小的伤口，骨头都断了几次。我在医院走廊上悔恨得用头撞墙，你瞧瞧，现在我额头上还有个细小的伤口。”

他撩开刘海，指指自己额头：“你说得对，还有我的耳朵。如果不是这个浑蛋，我不会活得浑浑噩噩，整天像个残疾人一样受别人嘲笑！他毁了我的生活！其实之前我妈生病的时候她就已经看出来了，她苦苦地求我不要去找他报仇，我没办法，只好假装答应了。但从母亲去世的那天起，我就告诉自己，一定要为她报仇，亲手杀了那个男人。”

“开始的时候，你为什么选择让魏帆按照你的安排下毒？”我问道。

马力冷漠地说：“说出来你可能不信，我虽然跟魏帆接触不多，但感觉得到，她是个重感情的人。我有种直觉，这个女人不像那些唯利是图的女人，她身上有母亲的感觉，这件事情交给她，有很大的概率能够成功。所以我计划用亲情打动她，事实上我也成功了。”

停了一会儿，他接着说：“那个浑蛋的另外两个‘女朋友’就不一样了。那两个女人只认钱，如果我提出让她们帮忙做这件事，说不定她们转身就把饮品扔了，或者自己留着喝了。我只有选择像魏帆这样对那浑蛋有真心的人，才可能实施我的计划。”

“这就是你的计划？”我说，“你一个法学生，是怎么想到把药物藏到香烟里让你的父亲吸进去的？”

“我有个医学院的前女友，这类药物的事情我之前听她偶然提起过。当时她是随便说说的，但我记在了心上，下毒这种想法像是一颗种子，在我的心里发了芽。我之前想过无数种杀掉他的办法，都不可行。我不愿接近他，又没有车可以撞他，更没钱雇凶。后来我打听到他有个新欢，就是魏帆，所以决定利用她杀了那浑蛋。

“我想过了，这样确实非常冒险，但就算暴露了，以我对那个男人的了解，他也不会把我怎么样。我做了很充分的准备，先是骗魏帆给他下药，然后自己买了十几条香烟给那个浑蛋寄过去，说是我孝敬他的。

“你想不到吧？我把药粉融在水里，用注射器一点点打进了香烟的烟丝中。受热蒸发后的药物会更快起效，这还是我在网上查到的。”

“有一点你说得不对。”我说，“我想到了你的作案手法，但没想到你的动机竟然这么单纯。坦率地说，用两种不同的方式给同一个人下毒，我还是第一次碰到。而且我注意到你始终叫他‘那个浑蛋’。”我敲了敲桌子，“看来你的父亲在你心中确实没位置，我没想到你对他的恨意这么深。”

“你不理解的。”马力语气平静，听上去却让人不寒而栗。

“你确定你的父亲一定会抽你送的烟吗？”我问，“万一他送人了呢？”

马力笑了：“这就是双保险的意义，不然我为什么还要叫魏帆帮我给他下毒？而且我送的东西，他应该舍不得送人的。”

“你倒是很了解你父亲对你的感情，他的确一根都没有给别人，全都自己抽了。”我叹了口气，说，“你买的烟远不如他平常抽的档次高，他这么珍惜，只有一个解释，就是他确实很在乎你，舍不得把你送的东西送人或者浪费。可他万万没想到，这是他儿子亲手给他送上的毒药。”

“他才是毁掉我们家庭的毒药！”马力咆哮了起来，“如果没有他，我妈不会那么早就去世！我的家庭不会这样支离破碎！我不会一只耳朵听不到声音！我恨他！”

我沉默了一会儿，问：“你哪儿来的钱买烟？十几条烟的钱对你来说也不算是小数目，你还是个靠打工挣钱上学的穷学生。”

“我妈走的时候，他给过我一笔钱。”马力说，“处理完后事钱还剩了些，我用这种方式把钱还了回去，这也算是各得其所吧。”

他发出一阵尖厉的笑声，声音在房间里异常刺耳。

我沉默了很久，问他："你真的一点也不后悔吗？"

"不后悔。"马力眼神冷漠，"我做这一切时就想过后果了，就算魏帆将药冲泡着喝了中了毒，对我也没有损失。她和那个男人厮混在一起，也不是什么好东西。至于我自己，从我妈走的那天起，我就不在乎后果了。"

"你没明白我的话。"我接着说，"我的意思是，你这样做，不觉得愧对你的母亲吗？"

马力沉默了。

我说："你的母亲倾尽所有把你抚养长大，目的就是尽可能减少家庭对你的伤害。你是个学法律的大学生，应该知道这种恶劣的家庭关系对一个孩子的影响有多大。我想，你的母亲多年隐忍固然是一种错误，但她也是想给你一个完整的家庭。这听上去很不明智，但她尽力了。现在，你一步步设计好杀掉你父亲的计划，也完美地实施了它。从表面上看你好像成功了，但你到底输了自己的人生，更输了你的母亲对你的期望。"

"我没有！"马力又嘶吼起来，"杀掉那个男人就是我的目标，如果不杀了他，我一辈子都不会原谅自己！"

"你成功了，可你感到开心吗？"我问，"或者说，你觉得你的母亲开心吗？"

马力低下头，脸庞被掩盖在前额垂下的头发阴影中，他像一座一动不动的雕像。

"我不清楚你最终会被如何判决。"我说，"但我想告诉你，魏帆很聪明，其实在案发之初，我去找她的时候，她应该就已经知道了你给她那盒饮品的真正目的。就算是清楚你利用了她，她还是在询问你的近况，很关心你——你的父母不在了，仍然有人在默默地关心着你。不是所有人都像你想的那样冷血和唯利是图，你以为漆黑一团的地方，其实总会有阳光照射进来。”

马力抬起头看着我，眼神复杂。

“人从来都不是个体，从某种意义上看，人人都唇齿相依。我说这个，并不是让你原谅你的父亲，而是告诉你，让法律去惩治罪恶，把自己的生活过好，这才是你对你母亲最好的报答。”我说。

马力的喉咙响了一声，他似乎有什么话要说，嚅动了几下嘴唇，终究没有说出口。

站起身来的时候，我直视着他说：“人都得为自己的错误行为付出代价。即便是你的父亲有过错，也不应该由你去惩罚他，更别说夺走他的生命。

“不瞒你说，我见过很多复仇的人。我可以告诉你，仇恨这团烈火一旦燃烧起来，要么催人奋进，要么反噬自身。”

我看着已经泪流满面的马力，继续说：“与其用这团火来和恨的人同归于尽，不如用它照亮你的未来。”

第四章

FENG MANG
TANG FENG TAN AN BI JI

疯狂的绑匪：一个 U 盘引发的惨案

第1节

由一桩普通失窃案牵扯出的惊天秘密

第一次见到曹峥的时候，他看上去很普通，后来我才知道，他是我见过的最疯狂的人。

坦率地说，做警察以来，我见过很多犯罪嫌疑人，但像他这种疯子，我还是第一次见。

事情是从一起普通的失窃案件开始的。

一个在火车站失窃的男人火急火燎地跑来报案，说丢了部非常重要的手机，找不到会有性命之忧。

派出所的干警并没感到多奇怪。很多失主都说自己丢的东西非常重要，很显然，能够到派出所报案的失主，对丢掉的东西肯定都十分在意。

派出所的干警对这种事情已经习以为常。听着那个男人略带哭腔的声音，他们觉得他多少有点大惊小怪了——丢了部手机，最多算是破财，说“性命之忧”未免有点言过其实。

没想到，事情真的性命攸关。

这个叫庞硕的男人来报案时，说自己丢了部手机，而且还是型号比较陈旧的老手机。不过看他的紧张程度，好像他丢失的不是一部旧手机，而是一架飞机。

干警让他回去等消息，庞硕可能是觉得警方没有足够重视，开始在派出所大喊大叫，干扰干警工作，甚至要求亲自查看监控录像。他像失去了理智一般，几近绝望和崩溃。

干警好不容易才安抚好他。等他稍稍平静后，干警觉得丢部手机很平常，但这个丢手机的人看上去倒是很不正常。

庞硕从到公安局报案起，就一直强调这部手机非常非常重要，可是又不告诉警察重要在哪里，只反复地强调说自己多次拨打过去，手机都是关机状态，因此他推测手机一定是被人偷了。说到激动处，他还从椅子上站起来，再次要求查看车站的监控。

干警严肃地告诉他，必须说出手机的重要性，才好尽快协助他办理。

毕竟火车站这种地方，鱼龙混杂、人来人往，在里面丢了东西不是什么稀罕事。除非有什么特别重要的原因，要不然这起失窃案不可能被当成紧急案件来首要办理——一个日客流量数达十万人的火车站，比起携带炸弹等危险物品案来说，失窃案算是再普通不过的案件了，没有理由特殊办理。

“还有很多更严重、更紧急的案件在排队等待处理，事情总得有个轻重缓急，我们不是不给你办，而是没那么快，我们寻找也需要时间。”接警的干警耐心地对庞硕解释。

“我的妻子被绑架了！”庞硕突然瞪大眼睛，颤抖着说，“这算不算紧急？”

干警惊得噌的一下站起来，问他：“你确定？你得搞清楚，虚报案件是要承担法律责任的。”

庞硕点头说：“那部手机就是我用来和绑匪联系的，他只知道我那个号码。”

这就是案件转到我这里的原因。

庞硕这个人，听名字给人一种他很健壮的感觉，但他本人其实很矮小，看上去弱不禁风，不过眼神清亮。

既然是绑架案，时间就是生命，我直截了当地询问了案件的具体细节，请庞硕详细地说清楚。他有点迟疑不决，好像有很多的顾虑。看他这样子，我想他应该早知道妻子被绑架了，但此前一直没报案。

要不是这次跟绑匪唯一的联系工具被偷了，他可能还会继续隐瞒下去。而从他发现妻子被绑架到现在，已经过去好几天了。

我心里咯噔了一下，人质被绑架的最佳解救时间只有四十八个小时，错过这个时间，获救的概率会呈几何级数降低。庞硕的妻子被绑架这么长时间了，很难说是不是还能生还。

当然，这些我都没告诉庞硕。减少不必要的恐慌，才是对破案最有利的。

在这之前，派出所已经安排人去通信公司帮他办理移机手续，把他的号码在另一部手机上重新开通，以消除他担心绑匪联系不到他的顾虑。所以这会儿庞硕的情绪有了很大缓和，只是他一直把目光集中在桌上的备用手机上，显然十分担心。

我提醒他集中注意力，手机已经被监控，如果有人打电话来，相当于自投罗网，在这点上，要相信警方。接着，我让他把发现妻子被绑架的全过程详细地讲了一遍。

以下是庞硕的详细讲述。

“其实，开始的时候，我还不太确定妻子是被绑架了。

“我是个程序员，平常工作很辛苦，回家也晚。我的妻子叫王佳，和我同岁，在一个国有企业做文书工作，挣得不多，但比我清闲多了。

“因为我工作太忙，我俩一直没要孩子，也没计划，为这事还吵过几架。毕竟我们早到了要孩子的年纪，她周围很多同事和同学都生孩子了，她的工作又清闲——国有企业这点还是比较好的，怀孕不会给女员工带来什么麻烦，该休产假就可以休产假，岗位也可以保留，没什么顾虑，所以她很着急想要孩子。

“我很理解她，但我俩现在确实不适合要孩子。

“为这事我们吵了很多次，一度闹到要离婚，当然，都是说说气话，不能当真。前几天我们又因为这事大吵了一架，她甩门而去，一整晚都没回来。我找了她整整一夜，都没找到她，急得不行的时候打电话报警，可警方说成年人失踪不到二十四小时不予立案。就在我心急如焚的时候，她的朋友打电话来告诉我，她回娘家待了一晚，我这才放下心来。

“经过这次的事情，我在接她回家后，开始考虑生孩子这件事情了。一来王佳的年龄确实不小了，她性子又急，我们总这么拖着也不是办法；二来来自双方老人的压力也不小，我们是不可能做丁克的，既然孩子早晚得要，不如早做打算。

“接下来我们投入了备孕的准备工作中：健身、按时睡觉、选日子……我们就这样忙忙碌碌了大半年，可是王佳一直没怀孕。

“我有种隐隐的担心。我们因为大学时就认识，也算知根知底，所以结婚时就没去做婚前体检。思来想去，我瞒着王佳悄悄地去做了一个生殖检查，结果显示我是健康的。

“这没让我感到轻松，反而更加担心。如果是身体原因没有怀孕成功，排除了我，就只剩下王佳了，但她只是一个劲儿地埋怨我工作太忙，所以导致她受孕难度大。我有苦说不出，只好尽量配合她，在心里暗暗地祈祷自己猜测的是错的。

“一年很快就过去了，王佳更加心急如焚了，开始怀疑是不是我的身体出现了问题。当然，她并没有责怪我，只是暗示我去医院检查一下。但是我心里清楚，只能一直说自己没有问题，可她不信。没办法，我们只好再去医院认真地检查了一次，这次，王佳也检查了。

“不出我所料，检查显示，她子宫有疾，很难怀孕。医生遗憾地告诉我们，得了这种病，怀孕概率会很小，让我们做好思想准备。就在这件事情发生的三天后，她失踪了。

“我问过她公司的同事，他们说她那天和平常一样下班出门，没在公司过多逗留。第二天见她没来上班，公司人力资源部的人还给我来了电话，问王佳为什么没去上班，是不是病了。

“这次我很难确定王佳到底是失踪了还是离家出走了。毕竟她有过一次离家出走的经历，可她这次又受到了这么大的打击，很难说她会做出什么事来。当天晚上我联系了我知道的王佳所有的朋友和同事，他们都说没见过她。我虽然心急，但毫无办法，报警的话时间也没到，我只能着急地干等着。

“第二天一大早，我就接到了王佳的电话。

“我一听到她的声音就急了，鉴于上一次的教训，我又不敢有太激烈的反应，就问她在哪里。

“王佳的声音听上去有点颤抖，她像在极力保持镇定，没有正面回答我的问题，只是在电话里大声地告诉我她被绑架了，让我报警。刚说到这里，她的电话就被夺走了。我急了，大声地质问她到底是怎么回事，现在在什么地方，结果另一个人接了电话。

“听声音应该是个男人，他音色低沉，语气特别凶。他在电话里告诉我王佳在他的手里，暂时没事，他只不过需要从我这里取走一些东西，并且厉声警告我不要报警，否则就等着给王佳收尸。

“我的大脑一片空白。我赶紧答应，但对方说出要的东西之后，我傻眼了。

“他说他要一个U盘，并且说那个U盘就在我家，让我找出来交给他，否则就杀了王佳。我连忙问找到U盘后怎么联系他，他说会再给我打电话的。

“我刚开始还在怀疑这是不是谁在恶作剧，后来才意识到她应该真的被绑架了。老实说，一切发生得太突然了，绑架这种事我只在电视上见过，一时还没反应过来。等我冷静下来一想，才发现绑匪的要求很奇怪。我说过，我是个程序员，家里最不缺的就是U盘。在我的认知里，绑匪一般都是图财的，可这个绑匪只字不提钱的事情，开口直奔U盘，我马上意识到，U盘里的东西一定对他很重要。

“不过现在最重要的是王佳的安危。

“我按照对方的详细描述，回家翻箱倒柜地找，一共找到了五六十个U盘，什么样的都有。我挨个查看了内容，里面没什么重要的东西。对方要的那种U盘，我没有找到。

“这就是事情的经过。我到现在都没找到绑匪要的那个U盘，但手机我是时时刻刻攥在手里的，没想到在车站上厕所时不小心被偷了，这才火急火燎地到派出所报警。找不到手机，如果绑匪再打电话来联系不上我，王佳就危险了。”

第 2 节

那个神秘的U盘里到底有什么

这番讲述似乎耗尽了庞硕的精力，他在说完后大口大口地喘着气，看上去精疲力竭。

我问他："你的妻子在电话中也没提到 U 盘里的内容，只是让你报警？"

庞硕点头："她没提，是后来那个接电话的男人让我找U盘的。"

我问他："所以你不知道这个 U 盘和你的妻子有什么关系？"

庞硕回答说："不知道。我后来还问过那人一句，为什么要绑架王佳，对方只是告诉我找到U盘就放了她，没有回答我。"

"绑匪后来还打过电话吗？"我接着问。

庞硕摇了摇头："没有。我……我担心王佳被害，没敢报案，但我也找不到那东西，只好一边继续找 U 盘，一边寸步不离地守着手机等电话。"

“我们会马上跟进这个案子。”我说，“你不用过于担心，绑架你妻子的人目的是要拿到U盘，暂时应该不会伤害她。不过下次对方来电话的时候，你一定要让你的妻子说话，确保她是安全的。当务之急，你还是去你家看看，如果能够找到那人所说的U盘，至少就清楚你的妻子被绑架的原因了。”

事实证明，我想得太简单了。

在庞硕家里，我们的确发现了很多五颜六色、奇形怪状的U盘，但里面都是些杂七杂八的文件，没有迹象显示和王佳被绑架有关。

为了排除庞硕报假案的可能，我安排干警去了一趟通信公司了解情况。

通信公司确认，在庞硕说过的时间段里，确实有王佳的号码打进来的记录，此前的最后一通电话，则是在一周之前。我们试图对王佳的手机进行定位，但没有成功，这说明手机可能已经被破坏，绑匪具有基本的反侦查能力。

我们对庞硕的调查也在同步进行。从他邻居们的反映中我们得知，他们夫妻表现一直正常，没有发生激烈的争吵和打斗，庞硕单位的负责人和同事也都没有发现他近期有什么异常，更没有什么私人感情纠葛。那个胖胖的工会女主任还开玩笑说，单位的女孩还都说找对象要找庞硕这种好男人。

第一时间的现场勘查显示，王佳的随身衣物等都在家里，她也没有其他外出的痕迹，这说明她失踪是一个突发事件，不是事先准备好的。

家中没有发现血迹和其他可疑物品，庞硕的手机记录也跟他叙述的相符，一切似乎都显示，这个丈夫没有问题。

王佳所在的公司运转正常，接待我们的经理孙静对警察的到来表现得十分吃惊。孙静知道王佳失踪的消息后大惊失色——此前虽然公司曾打电话问过王佳为什么几天没上班，但出于安全考虑，庞硕没有告诉他们这个信息。

从孙静的口中我们得知，王佳是个工作勤勉、热情认真的员工，同事和上司对她的印象都很好，平时没听说她和别人有什么矛盾。

同事的话也证实了经理对王佳的评价，他们对王佳的评价都比较正面。王佳活泼开朗、乐于助人，没听说过有人在工作中和她有什么芥蒂，就算是平时有一些误会，她也会主动解释和沟通，所以她给大家的印象都还不错。

不过，也有人有不同看法。一名刘姓女员工表示，王佳这个人比较较真，做事风风火火，工作起来一丝不苟，为人处事有时会有点直言不讳、不通情理。我对此表示出了兴趣，让她举个例子听听。

“比如有一次我们聚餐，大家说起了公司的一些规定，认为侵犯了员工的隐私。王佳本来是在旁边没说话的，但她是负责办公室文书整理的，听到这个就直接说觉得公司的规定很合理，没什么问题。因为在场的人几乎都反对这个规定，所以她的表态就让大家很尴尬，但她似乎没有注意到这点，神态自若。”那个员工反馈说。

“其实她跟着附和一下就行了，我们也是吐槽一下而已，并不是要怎样。”那个员工笑着说，“当然，虽然大家尴尬，但王佳也不在乎。她不是那种畏首畏尾的人，做起事来雷厉风行，人不坏，挺好的。”

我点头，没说什么。再结合庞硕的说法，这个王佳看来是个外向、热情，同时又比较强势的人。

王佳的失踪让庞硕坐立不安，几天不见，他更瘦了。

我离开的时候叮嘱他随时注意手机的动静，我们已经对手机采取了技术手段，如果有人打电话进来会自动提示警方，叫他不要担心。当然，即便我不说，他也会时刻注意的，对此我深信不疑。因为我再次见他的时候，发现他的神经已经过度紧绷了，看谁都紧张兮兮的。

我看着眼前这个面容憔悴的男人，想了想，还是抛出了那个问题。

“你和王佳的感情还好吧？”我问庞硕。

“挺好的。”庞硕搓了搓脸庞，说，“我们虽然总是因为孩子的问题吵架，但感情其实很好。孩子的事情我也可以理解她，毕竟……你为什么这么问？”

庞硕突然反应过来，抬起头看着我：“你什么意思？”

“就是你想的那个意思。”我说，“如果王佳还有什么其他的感情动向，你会掌握吗？”

“不可能！”庞硕像触电一样跳起来，“你不要胡乱揣测我的老婆！别以为你是警察就什么都能乱讲！”

“我没乱讲，只是在了解情况。”我平静地说，“要想找到王佳，各种情况都要想到，包括她有没有什么隐藏的感情。”

庞硕冷静了些，语气冷淡：“绝不可能，我们感情很好。你假设的第三者绝不可能存在。”

“那，你有没有那方面的问题？”我问。

庞硕像看怪物一样看着我：“当然没有。警官，你这话问得太伤人了吧？”

我摆了摆手说：“这是我的职责。我对你们有没有什么情况不感兴趣，但调查王佳的失踪案是我的工作。不瞒你说，在我的办案生涯中，因为感情问题而导致犯罪的罪犯远远超出你的想象。我最后再问一次，你们之间的感情还好吧？”

“没有问题。”庞硕斩钉截铁地说。

我点点头，对他表示抱歉。

我告诉庞硕，从我们的调查情况来看，王佳和她单位的同事关系也都不错，大家对她的评价都挺高。庞硕还没有从刚才的愤怒中回过神来，语气平淡：“对。王佳是个好人，很少跟别人起争执。”

“不过也有人说她平时比较直率和强势。”我问，“你有注意到因为这个她和别人有过什么纠纷吗？比如工作上的。”

庞硕皱起眉头，想了想，说：“你这么一说，我想起一件事情。

失踪前一天，王佳在家里莫名其妙地发了一通脾气，不过第二天早晨就没事了，我也就没有多问。”

“多久之前的事？”我问，“你没问问原因？”

“一周多了吧？”庞硕说，“那天我回家早，没想到刚进门就发现王佳也回去了，我还条件反射地看了一下日历，所以记得很清楚。至于是什么事，王佳没有说，只说是女人间的纠纷，我也就没有多问，毕竟也不是什么大事。”

我可不这么想。我马上赶到王佳的公司，找到了她的经理，那个叫孙静的女人。不得不说，孙静保养得不错，看上去很有气质，一身职业装衬得她身材格外高挑。

我问起一周前王佳在公司有没有和人发生争执，她皱着眉头想了想，说没发现异常。后来她又像是想起了什么，告诉我一周前因为文书上的几个数据有出入，王佳好像是和一个同事有过“不是很愉快的交流”，不过后来两个人重新核对之后，事情就解决了。

“也许是我敏感了。”孙静笑着说。

我若有所思，告诉孙静我还需要和王佳的几个同事谈谈。孙静很痛快地答应了，马上就要通知王佳的几个同事来办公室。

“不必了，我自己去办公区域就好。”我说，“你忙。”

孙静很识趣地没跟着我。详细地询问了王佳的几个同事之后，我没有得到任何有价值的线索，他们都说王佳那天没什么反常，更没和什么人起争执。包括孙静提到的那个女孩，也说当时就是找王佳核对了一下数字和行程安排，两人并没有什么争吵，远谈不上“不愉快”。

“是谁说我和王姐有矛盾的？”那女孩愤愤地说，“谁说谁烂舌头。”

我脑海中闪过一个俏丽的身影。谨慎起见，我又去找了孙静的上级，一个四十多岁的男人。

他叫许磊，着一身笔挺的西装，神情有些疲惫。我提到孙静，他对这个经理的工作表示肯定，没有提供更多的线索；关于王佳，他说自己是副总，对下面的办公室文员不是特别了解，还客气地表示了歉意。

虽然他表现得彬彬有礼，脸上挂着职业假笑，但我看得出来，他很紧张，同时也有些急躁。和我谈话的时候，他看了好几次表，隐隐有些不耐烦，不过谈话结束后，他还是坚持把我送到了电梯口。

直觉告诉我他有些奇怪，但现在我还无法把他和失踪的王佳联系起来。

另一方面，绑匪奇怪的要求一直在困扰着我：U 盘里究竟有什么不可告人的秘密，值得那人如此大动干戈，不惜绑架一个人？

另一个问号浮上脑海：王佳为什么会有这个 U 盘？

王佳不过是个文员，平时的工作也就是整理一下公司材料，没什么机会接触核心机密，所以 U 盘的内容并不一定就和公司的内部信息有关。

退一步说，即便是公司机密，也不可能放在U盘里。制造这起绑架案的人应该清楚，绑架案属于重大刑事案件，起刑点很高，以这种方式取回东西，代价太大。

那个神秘的U盘里，到底有什么？

第 3 节

信息的源头出现了一个熟悉的名字

王佳失踪前的路线我们一直在继续追踪，调查工作进行得并不顺利。

这个公司里并没有安装多少监控摄像头，盲区比比皆是。从看过的视频来看，王佳的行为举止还算正常，也不像被人胁迫的样子。出入公司的楼道里的摄像头如实记录了王佳离开公司的全过程，我们又将沿途路政监控和街铺监控进行对接，可两段监控未能形成连贯的视野。

但最后一段视频监控显示，王佳后来坐上了一辆没有牌照的旧面包车离开了，至于她是不是认识车上的人，我们不得而知。

调集全市监控进行查找用了很长时间，毕竟这辆车实在是太不起眼了。经过几个昼夜的连续奋战，我们发现这辆面包车的最后出现在开往郊区山上的一个岔路口，再往前方，就只有几个零星的视频监控，压根没有拍到车的影子。

不过这至少说明，这辆车去向可疑。在现有监控中，我们没有发现王佳在半路下车的迹象。如果这辆车开往山区的时候王佳还在车上，那毫无疑问这就是犯罪嫌疑人使用的车辆。

我们用了一周的时间找到了那辆已经被废弃的面包车。幸运的是，虽然车已经在无人的山坳中被烧毁，但至少车上的发动机编号还隐约能够辨认出来。

通过查询车辆备案信息，我们终于在一个漆黑的夜晚查到了这辆面包车的主人。

从被窝中被叫起来的中年男人看到一屋子的警察，惊恐不已，知道是查问面包车的时候反而长舒了一口气。据他交代，这辆车至少已经失窃一个月了，当时他就把车停在自己的房子前面，结果一出门就不见了。我们根据他的供述比对了一下，的确是那辆汽车。

事实上，找到了这辆车丢失的地点，那么查找犯罪嫌疑人的去向就相对比较容易了。打个比方，如果这辆车是在村子里丢的，那么犯罪嫌疑人一定是村子中或当时路过村子的人，这就大大缩小了侦查范围。

我们经过摸排，终于在一个酒店的包房里擒获了盗取面包车的犯罪嫌疑人，一个叫曹峥的男子。

我一见到曹峥，心就提了起来。这个男人四十多岁，方脸，胡子拉碴，长相普通，眼神呆滞，看到什么人都没反应，脸上几乎毫无表情，看上去也并不紧张。

多年的办案经历告诉我，曹峥很可能是个惯犯。果然，记录显示，他有过几次盗窃入狱的经历，最近的一次判了三年。

不过，这并不代表他只是一个普通盗窃犯。

与常人想象的不同，真正的杀人犯并不都面目可憎、有一副阴狠歹毒的模样，很多凶狠的杀人犯看上去很普通，甚至还很和善。一般在街头逞凶斗勇的好事之徒，才会摆出一副滚刀肉般的蛮横相，企图用凶残的表情唬住对方。办案民警很清楚，真正动起手来，这帮家伙跑得比兔子还快。

杀人如麻的罪犯，常常相貌平平，内心毫无波澜，看上去一副人畜无害的模样。一个毫无特点的普通人突然对你刺出一把刀，才是最致命的。

面前的曹峥，就长着这样一张脸，这就是我为什么突然对他充满了警惕的原因。

“王佳在哪里？”我看了曹峥一眼，直接问。他低着头，像是没看到我一样。

曹峥落网后，我们第一时间对他进行了全身检查。我手里正拿着检查报告，说话的底气很足。看到他毫无反应，我重复了一遍问题。

曹峥还是没说话，一副事不关己的样子。

“王佳，那个女人，你绑架了她，现在人在哪里？”我继续问。

曹峥还是不回答，只是在椅子上换了一个姿势。

“我们在你的指甲里发现了她的人体组织，在酒店里你换下的衣服上也提取到了她的血迹，你交代是早晚的事。我再问你一次，她在哪里？”我拍了拍手里的检验报告，问他。

“谁？”曹峥终于开口了，舔了舔嘴唇，“哪个女人？”

后面我们询问得十分艰难，曹峥拒不交代王佳的去向，一副无所谓的样子。

几轮充满技巧的审讯下来，我相信已经接近他的心理极限了，因为我注意到他越来越急躁，眼神中渐渐出现了杀气。

杀气是非常玄妙的一种东西，你能感受到，但没法形容。更多的时候，我是靠多年来面对各种罪犯所获得的经验来感受到的。比如说，几乎所有的冲动犯罪者都不会刻意地去隐藏杀气，审讯时我轻而易举地就能从对方的行动上看到对方毫无掩饰的恶意。但蓄谋犯罪的人经常刻意隐藏杀气，表面看上去波澜不惊，其实心里始终在暗自盘算，不过一旦接近他们的心理极限，有些东西他们就藏不住了。

现在，还缺少压垮骆驼的最后一根稻草。我并不担心，毕竟手里有一张极具威力的底牌。

我们擒获曹峥的时候，收缴了他的手机。虽然手机里近两周的所有通话记录和短信都被删除了，但这并不是问题，技术侦察科的同事很快恢复了通话记录列表。我注意到，曹峥与其中一个手机号码两周之内联系了十几次。

我们拨回去的时候，语音提示对方手机已关机。因为现在手机号码都是实名制，找到这个手机号码的主人并不费力。我们经过查询，很快定位出这个手机号码的登记用户，找到对方时，对方却说自己的手机号码已经卖掉了，买主是一个互联网平台上的匿名买家。

互联网上的痕迹是无法擦除的，经过几次精准查询，我们在信息的源头看到一个熟悉的名字——许磊，王佳所在公司的那位副总。

现在这个男人就在隔壁的审讯室里。和始终态度强硬的曹峥不同，这个西装革履的中年人从进到公安局开始就焦躁不安，坐到审讯室的铁椅子上时，他几乎要跪倒在地，脸上全是抑制不住流淌下来的汗珠。我看再过几分钟，他似乎就要在我们面前昏死过去了。

我们几乎都没有用什么审讯技巧，只是告诉他曹峥落网了，他就竹筒倒豆子一般，一股脑地招供了。

令我感到吃惊的是，许磊除了对雇用曹峥绑架王佳的事实供认不讳，还主动交代了自己的贪污行为。

在警察面前，这个男人终于卸下了往日趾高气扬的伪装，痛哭流涕地乞求宽大处理。他信誓旦旦地说自己只不过想让人吓唬吓唬王佳，绝没有别的念头。按照他的计划，拿回那个U盘后，他就会让曹峥放了王佳，然后给曹峥一笔钱让他远走高飞。

我有点厌恶地看着他，问：“那个U盘里究竟有什么，对你这么重要？”

他猛地仰起头：“你们没看吗？”

“我们还没有找到那个U盘，”我如实回答，“所以才来问你。”

许磊错愕地问：“你们不是抓到曹峥了吗？”

“是。”我点头，“但我们没从他身上搜到U盘。当然，这不影响我们对他绑架事实的犯罪定性，也不影响你的犯罪定性。但你如实交代，会对你的审判结果有好处。”

许磊犹豫了很长时间，才开口讲述故事。

他虽然已经有妻室，却长期和女下属孙静有着不正当关系。日子长了，孙静已经不满足于金钱索取，竟要求他跟妻子离婚，娶自己回家。

许磊当然不能答应。他能混到今天的职位，妻子功不可没，况且就算妻子同意，有权有势的老丈人也不可能放过他，所以他毫不犹豫地拒绝了。

没想到孙静手里握有两人的录像，原来她早有准备！

有了这个致命的把柄，她终于能够理直气壮地要求许磊离婚。她甚至还给许磊定了一个最终期限，威胁他说，如果逾期，会直接把录像交给他老婆。

那份视频，就储存在那个U盘里。

王佳拿到那个U盘纯属偶然。作为办公室的文员，她会定期清理文件和办公用品，某天她在整理办公室材料的时候，不小心碰翻了孙静的手提包。当天孙静不在现场，所以也不知道这事。

巧的是，那个U盘那天就在包里，结果掉了出来。当时王佳并没有注意到 U 盘是从包里掉下来的，在桌子底下发现 U 盘后，顺手给捡走了。之后不知出于什么原因，她再也没有提及 U 盘的事情。

“你是怎么知道王佳取走了 U 盘的？”我问许磊。

“外面的办公室有监控，我有权限查看。”许磊带着哭腔说，“孙静发现 U 盘不见了，马上来我办公室闹，非说是我偷走了 U 盘。为了证明我没拿 U 盘，我和她查看了监控。

“不瞒你说，我确实有过偷 U 盘的想法，但她说过自己还有备份，就算我找到了 U 盘，也拿她没办法。

“我当时就愤怒地抽了那女人一巴掌，这么重要的东西怎么能随身携带？结果她说她本来是要用这个给我下最后通牒的，但不知道我出差晚回来了一天，放在包里一直没取出来，阴错阳差就这么弄丢了。”

许磊接着说：“王佳拿到 U 盘是个大麻烦。她是认识我太太的，我和他丈夫也见过面。不过，我不能确定她是不是把那东西交给我太太了。从那以后，我每天回家都提心吊胆，生怕一开门就碰到一脸怒气的太太，更担心见到怒不可遏的老丈人。这样过了一段时间，我的耐心已经快耗尽了。孙静更是怕得要命——我们的事情如果被我太太知道，她的工作恐怕都保不住了，我太太也不会轻易放过她。这种偷鸡不成蚀把米的事情她当然不愿做，于是一个劲儿地怂恿我逼王佳交回 U 盘。我当时也是昏了头，就想到雇人吓唬吓唬王佳。”

“吓唬她？”我冷笑道，“王佳现在生死未卜，要我说，她很可能已经遇害了，你说只想吓唬她？”

“我真的是只打算吓唬她，拿到U盘就完了。没了U盘，她说什么我太太也不会轻易相信。况且我还是她的上司，她也不敢拿我怎么样。我确实没打算害她！”许磊的脸涨得通红，他大声争辩着。

“你是怎么找到曹峥的？”我问了另一个问题，“这种事情可不像买东西，在网上搜搜就可以的。”

“我……我有个朋友几年前因为一点事情‘进去’了。”许磊说，“他在里面认识了曹峥。当时曹峥马上就要出狱了，说可以接这种活。当时我的朋友并不相信，不过还是互相留了联系方式。有一次喝酒的时候，这个朋友跟我提到曹峥，吹牛说曹峥什么事情都能办，我出于面子留了曹峥的电话。有了吓唬王佳的念头后，我鬼使神差地想到了他，试探着打电话过去，竟然拨通了。没想到，见了面，我说完我的想法之后，曹峥一口就答应了下来。”

“就这么简单？”我问，“这么大的事情，你就这么相信了？”

“我没办法了，当时也真是昏了头了。”许磊说，“当时我满脑子都在想怎么取回U盘，再加上孙静整天在我耳朵边催促，其他的我都顾不上了。我反复和曹峥说不要伤害王佳，我只不过想要回东西，一旦她给了那个U盘，就放了她。他当时也答应了，我还给了他两万块钱的定金，答应事成之后再给他八万块钱。”

“你就不怕曹峥拿到U盘后反过来威胁你吗？”我问。

“不怕。”许磊说，“曹峥没那个本事。U 盘是有密码的，曹峥没法解开，但王佳很可能会解开，因为密码是孙静的生日，这还是那个蠢女人告诉我的。王佳是负责办公室工作的，公司里中层生日都是她负责准备蛋糕，所以她很清楚孙静的生日日期。

“她虽然看上去大大咧咧的，但其实心很细。可能哪天整理办公用品的时候，她想起来碰掉过孙静的包，就把 U 盘跟孙静联系起来，加上又知道孙静的生日，破解密码看到里面的内容也不难。这是我最担心的，换作别人可能没那么容易打开 U 盘，谁知道偏偏是王佳捡到了 U 盘。”

“那也不至于这样铤而走险吧？”我质疑道，“毕竟你还没有证据证明王佳一定看过里面的东西。”

“但我也不敢问她。”许磊顿了顿，说，“不瞒你说，孙静说王佳一定看过了，她告诉我王佳从那天之后对她的态度不一样了。我将信将疑，也许她就是在逼我取回 U 盘。虽然我没感觉到王佳有什么异常，但这件事确实像是我心里的一根刺，始终让我坐立不安。”

“就算是事成了，你不怕王佳之后去告发你吗？”我问，“比如报案？”

“我觉得不会。”许磊说，“王佳是个直性子。再说，她要怀疑，也会第一个怀疑是孙静指使人干的，只要我和孙静不再来往，她未必能够怀疑到我身上。孙静这个女人，真不是什么好东西，如果不是这次的事情，我还没发现她心这么狠……”

我心想，她的确比你要狡猾得多，至少还知道将我的视线引向别人。

我站起来，快步走出审讯室。这个自私到极点的男人让空气都有点浑浊了。

后来事实证明，是我高估了自己的能力，也低估了曹峥的凶残程度。

第4节

开始是为了钱，但后来我已经不是为这个了

当我向曹峥亮出许磊这最后一张牌的时候，他冷笑了一下，干净利索地承认了绑架王佳的事实，而且将过程交代得很详细。

他说他只是对王佳说自己是她丈夫庞硕的朋友，王佳就跟他上车了。至于庞硕这个名字，曹峥说是许磊提供给他的。

他的话我将信将疑，不过这都不重要了。找到王佳，才是当务之急。

出乎我的意料，对于王佳的下落，曹峥拒绝交代。

这让我有种不祥的预感。事已至此，按说曹峥已经供述了绑架的事实，如果王佳还活着，他一定会主动交代的。既然他表现出一副拒不配合的样子，王佳很可能已经遇害了。我只能赌一把了。

我明确告知曹峥，即便他不交代王佳的下落，我们仍然会找到她，到那个时候，他就是自取灭亡了。

当然，曹峥是否相信已经不重要了，重要的是我们如何利用技术手段找到王佳。

现代刑事科学技术的水平已经相当高了，在有着一定痕迹线索的条件下找到一个人，并非全无办法。特别是，曹峥作为一个重大刑事案件的犯罪分子，反侦查技巧并不成熟，他只知道手机能够被追踪，除此之外，他一无所知，这给我们的侦查工作带来了极大的便利。

况且，曹峥本人就是一个痕迹携带者，通过微量物证的分析、检验鉴定和现场追踪，我们终于在山区的一处废弃的房屋中找到了王佳的尸体。

是的，尸体。

在现场发现U盘的时候，我立刻明白为什么曹峥身上没有那个U盘了。和我们猜测的不同，他并不是没有找到它，而是没有带走它。事实上，他也没有必要带走它。

我告诉曹峥警方已经找到了王佳的尸体的时候，他的脸上挂满了轻蔑，显然他并不相信。但我问出这个问题的时候，他的脸色瞬间变了。

我问："你怎么知道王佳把U盘吞进了肚子里？"

曹峥的脸色一下子变得苍白，因为距离很近，我甚至看到他的额头上慢慢地渗出了细密的汗珠。

"你们……真的找到她了？"曹峥气息微弱。

"对。"我盯着他的眼睛，"直说吧，你现在交不交代已经不重要了。我们既然能够找到她的尸体，当然能够找到你杀害她的证据。我只是想问问，为了点钱，你至于吗？为了十万块钱，你就能杀人灭口？”

“雇我的男人交代了？”曹峥嗤笑着说，“钱？开始是为了钱，但后来我已经不是为这个了。”

“那是为什么？”我敲了敲桌子，“为什么要用这么残忍的手段杀害一个女人？”

“为了尊严。”曹峥说出这话的时候，我愣了一下。

他接着说：“我本来只是要U盘，对她下手并不重，但那娘儿们死活不肯配合，在电话里大声喊着让她丈夫报警，丝毫不怕我。我本来不想杀她的，但不给点颜色瞧瞧，她不会知道我的厉害！”

“你不是已经打过她了？为什么还要杀她？看她身上的伤痕，你出手很重。”我问。

“没用。我也没想到，那个女人是块硬骨头，被打得口吐鲜血了还骂声不断，丝毫没有低头的意思，”曹峥骂了句什么，接着说，“就是不告诉我U盘的下落。”

“你后来没再和她的丈夫联系，那她的手机呢？”我问。

“用砖头砸碎，丢了。”曹峥满不在乎地说，“那玩意儿能定位，我在电视上看过，所以之后我就没打过电话。我知道我一打电话就会暴露，无所谓，反正我也知道东西在哪儿了。”

“你是怎么知道的？”我问。

“我看到的。”曹峥说，“她后来说要上厕所，我看她那个样子也跑不了，就给她松了绑。谁知道我刚解开她手上的绳子，她马上从胸罩里掏出一个小东西，飞快地塞进嘴里，一下子就咽了下去。当时我就傻眼了。我没想到她随身带着那个U盘，就蠢到没有搜身。我一直以为她把U盘放在家里了，还逼她给她丈夫打电话。谁知道她竟然带在身上，而且宁可把东西吞下去都不给我。关键她吞下去之后还大声嘲笑我，说要想拿到那个U盘，就只能去她的大便里找了。”

听到这里，我的心一下子揪了起来，我突然明白了后面发生的那些事。

曹峥是个怯懦的人。别看他有过前科，但都是些不敢直面受害人的盗窃行为，骨子里，他是个自卑到极点的懦夫。

虽然他平时看上去唯唯诺诺的，谁都可以将他的尊严踩在脚下，但他不会甘心这样活着，内心深处的愤怒一定在不断地积累。他因为长时间胆怯而导致情绪宣泄无门，只能压抑自己，再加上骨子里恃强凌弱的基因作祟，所以最终会因为一个导火索而爆发。那个时候，无法控制的怒火会像火山爆发一样喷薄而出，让他变成一个令人胆寒的杀人狂魔。

曹峥慢慢地冷静下来，面目逐渐变得狰狞可怖：“我气坏了！我失去了理智，感觉所有血都涌上脑袋，两只耳朵嗡嗡地响！我这么多年都被人看不起，在村里，人家笑话我没本事，出狱后到处找不到工作，被人像狗一样撵来撵去。现在我绑了个女人，她也敢骑到我的脖子上，敢当着我的面把那玩意儿吞下去。她就是看不起我！那个贱女人被打成那个样子了还在侮辱我，我一定要让她知道我的厉害！”

我沉默了几秒钟，继续问：“后来……你找到U盘了，怎么又没拿？”

“不重要了。”曹峥叹了口气，“冷静下来后我就后悔了，后悔极了，看着一地血吓得直哆嗦！我怎么会干出这样的事情？！都到了这个份儿上，我拿那东西还有什么用？！人都死了，难道我还在乎那几万块钱吗？”

“既然钱不重要，你还待在酒店干什么？”我接着问，“为什么没直接逃走？”

“我没想到你们那么快就能查到我的身份，不然我早跑了。”曹峥说，“不过我也知道我跑不了，迟早会被抓回来的。我想过，如果要安全，只有杀了许磊！除了那女人，就只有他知道我的事情，既然那个女人已经死了，我就一不做、二不休，干脆把许磊也杀了！所以我本来是打算先安顿几天，然后找许磊动手的，没想到这么快就被你们抓到了。便宜了那小子！”

说到这里，曹峥挺直了腰杆，眼睛里露出了不加掩饰的杀气。

这次轮到我冷笑了：“你策划得看似周详，实际上漏洞百出。你杀了人，以为将知情人都灭口就没事了？做梦！”

“是，我现在知道了，的确是做梦。”曹峥抬起头，脸上又挂上了朴实的笑容，那笑容在我看来却无比狰狞，“我挺佩服你们的，在这么短的时间内就把我和那个女人的尸首找到了，真是有办法。”

这是我第一次听到一个杀人犯夸奖警方办案“神速”，听上去像是一种强烈的嘲讽。

我什么都没说，转身走出审讯室。

王佳的尸体已经送到法医那里进行检验了，结果显示和曹峥说的吻合。真正让我犯难的，是我要如何面对庞硕。但这一刻总要到来的。

我约来庞硕，组织了半天语言，委婉地说明了情况。庞硕听到结果的一刹那，现场陷入死一般的寂静。我心里清楚，这个时候我说什么都是多余的，只好静静地坐在一旁。

很久之后，庞硕提出要去看看王佳。我条件反射般地阻拦，又不知道如何开口，要伸出去的手僵在半空。

“让我看看她吧。”庞硕似乎看出了我的意图，轻声说，“最后一面了。”

我的鼻子有些发酸。我点点头，说：“你要有思想准备，尸体刚做了解剖，你可能不太好接受。”

“我就看看脸。”庞硕摆了摆手，示意我带路。

他果然只看了脸。王佳的脸上并没有很大的伤痕，只有一些在拉扯中造成的轻伤。庞硕慢慢地抚摸着她的脸，一句话也没说。我站在旁边，看到他的眼泪无声地流淌下来。良久，他转头问我：“我要是一开始知道她被绑架的时候就报警，她现在是不是还能活着？”

我想了想，跟他说："事实是不能假设的。这个问题，我回答不了你。"

庞硕的眼神黯淡下来，他再也没有说话。

离开的时候，庞硕走得很慢，出门的时候他看着我说："谢谢你们找到她。"他即将迈出门的时候，突然转身握住我的手问，"你告诉我，那个人会被判死刑吗？"

我抬头看他，心头一震。他的目光纯粹、坚定，看不出多余的情感，甚至都没有杀气。按照规定，在案件审判之前，我是不能向受害者家属承诺什么的，但这次，我破例了。

"一定会。"我紧紧地握了握他的手，说，"我们会搜集尽可能多的证据来确保这一点，你放心。"

庞硕重重地点了点头说："拜托了。"

他冲我鞠了一躬，然后头也不回地走出公安局。

那个眼神，直到今天我都记在心里。

第五章

FENG MANG
TANG FENG TAN AN BI JI

意外还是谋杀：高智商犯罪背后的隐秘往事

第 1 节

案子起源于一起意外死亡事故

我在警察生涯中遇到的案子，多数充满了人性的狡诈、阴险、丑恶与肮脏，这些无不让我重新审视“人之初，性本善”这句老话。这些案子大多手法拙劣，其中充斥着犯罪者疯狂的冲动和肤浅的算计，单就犯罪手法来说，远谈不上高明。但有一个案子，着实让我大跌眼镜。

我不得不说，在当时那个年代，这个案件无论在犯罪的策划上还是实施上，都堪称完美。

可以说，这种对于整个犯罪过程有着如此清晰构思的案件，作为一个警察，我都只在影视剧中看到过——即便不少剧集的情节充满着各种显而易见的错误和逻辑漏洞。

我刚刚进入刑警队的那几年，还在辖区派出所锻炼。那里的工作琐碎繁杂，让人焦头烂额，但这类经历又缺之不可。很多人可能不了解，公安工作不像别的职业，各司其职就可以胜任，它需要工作者对公安业务进行全方位掌握，才能保证工作者在工作岗位上尽快进入角色。

无论哪个警种，基层警务经验都是十分重要的，每个新人都要进入辖区派出所或其他业务部门进行实践，在熟悉业务工作流程之后才可以回到原单位继续本职工作。

理由很简单，公安工作涵盖范围极广，覆盖全社会方方面面，工作者仅仅熟悉几种业务是不行的，需要对各个警种都有一定的了解。

比如刑警队的案件侦破，工作者如果不熟悉辖区工作流程，就无法入户对案件进行调查了解，而如果对现场刑事侦查一窍不通，则谈不上熟悉证据采集工作，容易想当然地对物证科提出过分的要求——现在的科技手段并不能保证所有痕迹都能够完全采集，对于时效、温度、湿度和完整度都有着十分苛刻的要求，工作者如果不了解这些，就没办法和物证鉴定部门有效沟通，容易产生工作上的误会，让侦查工作举步维艰。

案子起源于一起意外死亡事故。

那天，我在派出所出警，辖区里发生了一起高空坠物致人死亡事件。一个老人匆忙地跑进来，说他在街边店铺旁发现一个男子被高空坠下的一块玻璃招牌砸死了。

出警之后，我仔细地检查了男子的脉搏和呼吸，确定男子已经失去了生命体征。120 救护车到达现场，医护人员确认男子死亡后就将尸体送到了太平间。

死者为男性，头部被坠落的玻璃砸出了一个拳头大小的洞，看上去十分骇人。因为人已经死亡，血块凝结在伤口周围，所以我看得胆战心惊。

当时我刚参加工作不久，出现场的次数屈指可数，之前处理的多是打架斗殴等小的治安案件。死人的案子我之前也碰到过，但都不像这次这样现场血淋淋的，视觉冲击非同以往。足足用了一个多小时，我才回过神来。

怕归怕，我还是得按程序进行现场勘察。

这是一个四层高的小楼，底下有两间商铺，分别是一家宠物医院和一家房地产中介公司，二层是一个小超市，三层是居民房，四层是一个休闲游戏厅，可以打台球。玻璃招牌是从四层休闲游戏厅的窗户旁边掉下来的。

那是一块一米宽、五米长的招牌，上面挂满了小灯泡，晚上会发出五颜六色的拼字灯光，看上去十分显眼。现在，那块招牌正四分五裂地躺在地面上，周围全是碎灯泡的玻璃碴子和凝固的黑色血迹。

我趴在地上看了半天，发现玻璃架子是金属的，已经锈得不成样子了，显然是无法承受招牌的重量，招牌才掉落下来的。

做了常规的现场拍照和取证之后，我上楼去了解情况。我来到四层出示证件后，游戏厅的经理很配合，一路开“绿灯”，麻利地递给我一杯水后，告诉我随便看、随便问，有什么需要配合的他一定全力支持。

我首先查看了外面招牌连接处的痕迹。因为只有一个铁质架子支撑着我，所以我查看起来比较费劲。我又有些恐高，查起来就更显得吃力。用了大概一个小时，我才算是把铁架子上的痕迹全看了一遍。

从外观上看，这个招牌底架确实锈得不轻，一碰就乱抖，还掉下一些铁锈来，看来已经腐朽很长时间了。这底架承担招牌的重压，可以说招牌掉下去是迟早的事。

我观察了一下断口，发现上面有着深浅不一的锈痕，说明这个架子已经被腐蚀得摇摇欲坠了。

当然，砸到人就是个巧合了。

不过偶然事件当中蕴含着必然性，这个招牌才是罪魁祸首，这点是没跑的。

出于谨慎，我询问了休息厅那个整天都坐在机器后面叼着一根烟玩电子游戏的年轻人，问他架子掉下去的时候，窗台旁边有没有人。

“我哪里知道？”他哆哆嗦嗦地看着我说，“我当时正在打游戏呢，听到声音才抬头的，没看见有人。”

我点点头，又去问了游戏厅的经理。表面上看起来，这个经理不像有什么问题，除了他没被招牌掉落砸死人这件事吓到让我有点吃惊外，其他都很正常。倒是旁边那个年轻的服务员，说话颠三倒四的，看上去有些可疑。从种种迹象来看，这起事件无论从哪方面看都不像是人为的。

我还是带游戏厅经理回到了派出所例行做了个笔录。经询问我发现，他在这里待了五年了，之前在外地学习和工作。因为我没发现什么问题，就让他回去了。

经理除了近期要随时配合接受调查，还得着手和死者家属商谈赔偿的问题。毕竟是他的营业场所物品保管不善，导致行人被砸身亡，这件事情的民事赔偿责任，他是少不了的。

死者的家属已经到场。那是一个中年女人，进了派出所就开始号啕大哭，言语间仿佛是游戏厅的人害死了她的老公。这女人一看就很泼辣，没几分钟就开始破口大骂，张牙舞爪地冲着经理摆出一副要拼命的架势，要不是在场几个干警拦着，估计她已经和经理打起来了。我在旁边倒是也不吃惊——刑事案子我虽见得不多，但这种情形司空见惯了。经常有当事人在派出所打起来，这在治安案件中屡见不鲜。

在通知家属到场之前，我们已经告知了她她丈夫的死亡原因。如果她是因为悲痛失去理智，那我完全可以理解，但以我从警几年的经验来看，事情没有那么简单。果然，被拦下来后，这个女人很快平静下来，开始掰着手指头算起了赔偿金。

她嘀嘀咕咕地说了半天，突然抬头报出了一个数字。我当时正在埋头看笔录，没听清楚，但抬头看对面坐着的经理时，发现他脸色都变了。

游戏厅经理一直很冷静，即便是在这个女人疯狂地嘶吼的时候，他都没有任何反应，只是平静地看着对方，眼神淡定，甚至有点冷漠。女人张狂着要冲过去的时候，他也没有退后，只是慢慢地扶了扶架在鼻梁上的眼镜。

我当时就觉得，这个男人有点意思。

基层派出所可以说是能够遍览人性的绝佳场所。在这里可以看到无数悲欢离合与喜怒哀乐，更可以见识到普通人无法想象的丑陋和肮脏之事。

几年的警务工作经验告诉我，绝不要低估人性的底线，为了钱，人能够做出比大多数人想象的更恶劣的行径。

作为一个警察，我要长年累月地面对社会的阴暗面，见识善良背后隐藏的世故和算计，以及人性的复杂和多面。所以我常常说，如果一个人的意志力和心理素质不够坚定和坚硬——不错，就是坚硬，其实不适合干警察这个职业。因为说不定什么时候，你就会被这种撕掉伪善面具的腌臜人性重击，让你充满挫败感。我后来最得意的徒弟韩东升就是其中一个例子。当然，那是另一个故事了。

经理叫刘宇，三十多岁，长相斯文、身材颀长，有着一种与派出所环境格格不入的书卷气。从传唤他到派出所时我就注意到了他的特别之处。他和那个瑟瑟发抖的服务员小伙不同，看上去要镇定很多，面对询问也对答如流，很有条理。甚至在我出示证件的时候，我还看到了他的脸上有种若隐若现的笑容。

当我听那个女人重复了一遍数字的时候，才明白刘宇的表情为什么突然变了。

别说是在二十年前，就算是现在，那个数字都远远超出了一个意外人身伤亡案件的赔偿金额。这个女人说出这个数字的时候，有种毫不掩饰的急切感，好像忘记了刚才还在因为丈夫的死“悲痛欲绝”。

作为调解方，警方其实很怕碰上这种双方有着巨大的赔偿落差的情况。特别是他们不愿意去法院解决的情况下，警方往往需要耗费巨大的精力和很长的时间进行调解。

当时不像现在，解决问题时，人们对打官司的主动性远远低于口头协商的主动性，甚至低于肢体冲突的主动性。

刘宇脸上的从容表情被一种奇怪的表情代替，但他很快就平静下来，表示现在手头上没有那么多钱，并且这个数字他也接受不了。这就是我觉得意外的地方。对面的女人立刻恢复了刚才的狰狞面目，正准备继续有所动作的时候，我制止了她，并且建议双方如果协商不成，可以走民事诉讼程序。有些在派出所解决不了的事情，不如让法院来裁决。

女人当然不同意。她开始在地上打滚、吼叫，意图逼对方就范，这类行为反而对警方有利——当我厉声告诉她再这样下去将涉嫌妨碍公务的时候，她迅速地翻滚起来，气呼呼地走开了。

离开派出所的时候，她还对刘宇说，知道他的店开在哪里，他跑不了，还让他一定要把钱赔偿到位，不然找人砸了他的店。

我还没来得及斥责她，她就从门口一闪而过，消失了。

刘宇表现得倒是挺不以为意的，他带着歉意地对我笑了笑，说自己管理不善，对方又在气头上，表示可以理解。不过这个数字实在是太大了，他没有能力赔偿，因此赞同我的说法，如果双方协商不成，可以去法院解决。

第 2 节

一次人口普查时的意外发现

我很感谢刘宇的配合，把他送出门去。

回所里后，我马上着手调查了解死者的情况。因为死者这个像悍妇一样的老婆，引起了我对死者的兴趣。

二十年前，案卷的调取有一套完整的线下程序，不像今天这样敲敲电脑就可以调取出来，我也是在双方不欢而散后才拿到厚厚的案宗。

本来我还奇怪——一个普通的社区居民，怎么会有这么厚的材料？从头到尾仔细看完后，我大吃了一惊。

因为这些案宗，都是那个死者的。

死者名叫罗平昌，坐过牢，有过案底。案卷显示，他上次入狱是因为强奸并殴打对方致重伤，被判了十七年，五年前刑满释放。他入狱时已经四十多岁，出狱的时候已经六十多岁了。

罗平昌的案卷让人大开眼界，此人可以说是无恶不作，偷鸡摸狗、打架斗殴的事都干，说人人对他恨之入骨可能有些过分，但要说人见人厌，着实不算夸张。

真是“不是一家人，不进一家门”啊！我暗想，我算是明白为什么这个女人会有如此表现了。我对这势利的女人感慨万分。

从履历上看，她和罗平昌也算是老夫老妻，罗平昌坐牢的这十几年来，她都没有改过嫁，倒也是有情有义。谁能想到罗平昌被砸死后，这女人就一味求财，狮子大开口索要赔偿金，丝毫看不到刚死了老公的半点悲伤？

如果说上面这些发现仅仅是让我吃惊，那么接下来看到的罗平昌入狱的案情，则让我感到十分愤怒。

罗平昌的案件中，受害人叫范丽霞，是一名三十多岁的女性。范丽霞因为容貌秀丽，所以在购物时被罗平昌当街调戏。范丽霞性格刚烈，当场斥责了罗平昌，后者没有得手悻悻而去。第二天傍晚，罗平昌在某阴暗的巷道将范丽霞殴打后强奸，范丽霞因此致残，罗平昌入狱。

罪有应得的罗平昌坐了十几年牢，出狱后又被天降玻璃招牌砸死，这也算是报应了。看了卷宗中大大小小关于罗平昌的治安和刑事案件，我心里对他没有丝毫怜悯。

一块玻璃招牌砸死一个曾经的恶棍，这起意外事件虽然并不令人惋惜，但让人糟心。

之后，罗平昌的老婆三番五次地到派出所来闹，要求派出所给她做主。她现在学乖了，不像第一次来的时候那么乱喊乱叫，只是每天夹个包往派出所门前一坐，叫也不应，喊也不走，像是耳聋一样赖在所里，有时能够在那里磨一整天。其实这样并没有什么用，我们只能调解，对于赔偿金额做不了什么决定。最终能够让她获得那笔天价赔偿金的，还是刘宇。

这个女人显然对派出所不陌生，看上去也不怕警察。这点我倒是可以理解，案卷显示，虽然罗平昌是个惯犯，进出派出所、看守所是家常便饭，但他的老婆一次都没有被拘留过。这说明这个女人非常聪明，虽然老公是个浑蛋，但她从不触犯法律。

有那么两周左右，她每天就像上班一样按时来派出所，轻车熟路地待上一天，然后回家。我们几乎都习惯了，说句不合适的话，她的准时程度和我们正常上班相比不遑多让。

突然有一天，她不来了。

这反而勾起了我的好奇心。难道她和刘宇就赔偿金数额达成了一致意见？我问了几个干警，他们都说不知道。我本来以为这件事情就这么结束了，给罗平昌销户之后，按理说就没有我们派出所什么事了。不料又过了一段时间，罗平昌的老婆自己找上门来了。

这次我一看到她，就觉得有点奇怪。

一般女人死了老公，都像顶梁柱倒了一样，因为生活失去了着落，所以人憔悴得不行。可这个女人当时看上去并不伤心，行为举止也很正常，走路呼呼带风，说话底气十足，我完全没在她身上看到一点生活无望的意思。再说了，如果她真的一蹶不振，哪有气力三番五次地找刘宇讨赔偿金？

这也是我鄙视她的地方。即便罗平昌是个恶棍，两人也算是十几年朝夕相处的夫妻，丈夫死了竟然好像没事人一样，这个女人真是冷血。

不料这次再见到她，我发现她的气色明显不一样了。她竟然变得比上次萎靡得多，整个人脸色苍白、头发凌乱，身上随便披了件衣服，神情黯淡无光、眼神呆滞——这副模样倒像是普通女人刚死了丈夫时的神情。

我看到她先是吃了一惊，然后才问："你怎么又来了？你丈夫的事情办完了？"

她看看我，没说话，过了一会儿才如梦初醒般地说："对，火化了，后事都处理完了。"

这答非所问让我有些诧异："那就好。不过我问的是，罗平昌的赔偿金拿到了吗？"

"给我了。"她点点头，语气平静，"那个人给了。"

我心里暗暗感到吃惊。那可不是一个小数目，刘宇还真是有钱。出于谨慎，我还是问出了心里的疑惑："给了多少，是你要的那个数吗？"

这话说出口后，女人像是被蛇咬了一口一样，不自觉地哆嗦了一下，说："没有，不是那个数。"然后她左右看看，像是怕被什么人看到一样。

我看她不说话了，问："你今天来派出所干什么？有什么事？"

女人欲言又止地看着我，说："没什么事。"

我一头雾水，觉得她来派出所也不会有别的事情，就主动问："是刘宇的事情吧？"

不料她听了这个名字，像是受到了惊吓一样，看着我问："你认识他？"

"我当然认识他。"我说，"你们的案子就是我办的，不就是他管理的游戏厅的玻璃招牌砸中了罗平昌嘛，我能不认识他？"

我话说出口后，这个女人怔怔地看了我好几秒钟，突然扭头走出门去，再也没回来。

我本来以为事情到此就告一段落了。虽然我对刘宇是怎么和罗平昌的老婆达成一致意见的事感到好奇，但毕竟多一事不如少一事。别看这种事在派出所闹得凶，其实大家都是有个平衡点的，超过了谁的底线都不容易谈妥，在平衡点附近双方就容易达成一致的意见，所以这也并不奇怪。

意外是在人口普查的时候发生的。

这件事本来不归我管，不过派出所的工作就是这样，互相之间没有一个非常明确的界限。户籍科那天人手不够，我就被安排过去帮忙了。

人口普查是个琐碎而繁杂的工作，辖区内什么人都有，想要一个个摸清底细、重新进行整理归档是个浩大的工程，仅仅靠在办公室打打字是不可能完成的，需要一线干警下辖区一户一户地进行登记核实才行。

我那天就是在干这个活。

户籍科的干警随手给了我几个名字，说是让我上门去核实一下情况。我随便扫了一眼，看人不多，就直接一户户摸排过去，还算是顺利。不过走到一家门口时，我敲了半天门，始终都没人开门，我低头看看手上的名单，上面赫然写着“刘宇”。这个名字很眼熟。我脑海里顿时浮现出一个瘦高的身影，刚觉得巧合，邻居就开门出来了。

邻居是个五十多岁的大妈，我连忙向她询问这家的人口情况。

“男的，三十多岁。”大妈说，“他一直都不在这里住，自己有个店，住在店里。”

“叫刘宇吧？”我想了想，加了一句，“是不是高高瘦瘦的，开游戏厅的？”

“业务挺熟嘛。”大妈夸我，“就是，这孩子挺可怜的，父母都没了。”

“哦。”我想了想，接着问，“这户还有谁？我没带户口卡，就问问您记录一下吧，回去核对一下对不对。”

“没了。”大妈一脸嫌弃，“刚夸你业务熟，这就蒙了？他爸早死了，她妈一个人带大他的。唉，这孩子也是可怜，后来她妈被人……打残了，没过几年就去世了，于是这地方就没人住了，也就是这一两年他才回来。”

我心里一抖，连忙问：“您是说，他妈被人打残了？等会儿，他妈叫什么名字？”

大妈看着我，像是在看一个怪物：“范丽霞，怎么了？”

我像是被雷劈了一样，当场愣住了，半天才说：“没事，我得登记一下。”

回到所里，我连忙把有关范丽霞的记录和资料找了出来，详细地看了一遍。结果令我大吃一惊，那个叫范丽霞的女人，果然是刘宇的生母。

更令我感到震惊的是，刘宇本名叫刘浩东，现在的名字是改过之后的。

刘浩东。我默念着。我在查看罗平昌的案卷的时候，里面只提到了受害人的名字，没有提到受害人的家属，因此我漏掉了刘宇的社会关系，没想到刘宇连名字都改了。而且我当时在查看刘宇资料的时候，没注意到他的曾用名。

其实就算我注意到了，也很难将两人联系起来。

我马上在脑海中重新捋了一遍时间线：罗平昌二十几年前打残了刘宇的母亲范丽霞，后来范丽霞去世，多年后出狱的罗平昌被从天而降的玻璃招牌砸死，而掉下玻璃招牌的那家店铺的老板，恰好是刘宇。

这会是巧合吗？

鬼才信。

我突然想起最近与罗平昌的老婆在派出所门口的那次相遇，顿时觉得事情更加扑朔迷离。

她既然已经和刘宇谈妥了赔偿金额，为什么还要到派出所来找我呢？她找到我后，为什么又问我和刘宇的关系？她什么都不说，转身离去又是因为什么？

毫无疑问，现在罗平昌的老婆是我了解这些问题的一个重要突破口。

第 3 节

浇花背后的秘密

我马上把她叫到了派出所。

让我困惑的是，当我站在她面前的时候，她什么都不肯说，看上去畏畏缩缩的。我问了很长时间，她都只是摇头，一个字都不肯透露。

无奈，我只好如实相告："我知道刘宇母亲的事了。"

这次，轮到她震惊了。她瞪大眼睛看着我，半天才说："我们家老罗……"

"我知道。"我说，"当年就是他强奸并且打残了刘宇的母亲，这件事我知道了。你为什么不告诉我？你上次去找我，是不是就是为了这件事？"

女人点头，接着说："我也是才知道不久，本来是打算去告诉你的，但你说你认识刘宇……"

我一下子明白了："你担心我和刘宇有什么关系？"

女人没说话，只是一直看着地面，过了一会儿，说："老罗不是好人，我知道。我俩就是对付着过的，他死了我也没那么伤心。我去找你是没办法了。刘宇是把钱给我了，钱不算少，不过离我当时说的数目差多了，但我不敢要了。"

"为什么？"我问，"他威胁你了？"

"不算吧。"女人哆嗦着嘴唇说，"他就是告诉了我他妈是谁。"

我一下子明白了："你是担心他对你不利？"

女人抬起头看着我说："警察同志，我没干过坏事，真的。我是和老罗过了几十年，占了点小便宜，但我没干过违法的事。我开始不知道那人和老罗有这么深的仇，才要钱的，要的是多了点，但后来我知道了，就不敢要了。可他非要给我，我害怕了……"

"非要给你是什么意思？"我问。

"我去过他那个店里好多次了。"女人低着头说，"我知道自己挺泼辣的，你也看出来了。我开始就是闹事，也知道自己要的那个数目他给不了，就是想多争取点。开始他也不说什么，我搅黄了他几次生意他都没为难我，对我客客气气的。后来我可能有点过分了，砸了他不少东西。我看得出来，他很生气，突然就客客气气地把我叫到一边，和我说了他妈的事。"

"我害怕了。"女人说，"我不知道怎么形容他。他说话挺客气的，脸上也笑眯眯的，可眼神就像要杀了我一样。他直接就说出一个数目，告诉我就这个数了。"

“如果你不答应呢？”我对这个问题比较关心，接着问。

“我没问。我当时就傻了。我知道老罗那个王八蛋的事，他因为这件事判了十几年，出来后人都废了，见谁都点头哈腰的。谁也不知道他在监狱里经历了什么，他也不说，但我看得出来他是真怕了。我当时就愣在那里了，连忙说钱我不要了，就想走。但是那人不让我走，说是该给的得给，但就这么多了。

“后来他还说了一句话，我真是害怕了，现在想起来还哆嗦。”女人说。

“什么话？”我问。

她说：“这事和你没关系，你别弄成有关系了。”

我一下子站了起来，过了很久才对女人说：“你没有别的事的话就回去吧，这事我知道了。”

她刚要走，我想起了什么，问：“你来派出所找我的时候就想和我说这些？”

女人点点头，很快就消失了。

难怪这女人会害怕。在我看来，刘宇的意思再明白不过了，他母亲的事情的确和罗平昌的老婆没关系，只和罗平昌有关系。问题是，现在跟这件事有关系的人已经死了，他再说这话，就很耐人寻味了。

看来，我得重新审视刘宇以及这个案子了。

巧的是，第二天我去找刘宇的时候，他不在店里，出差了。

我并不着急，这反而有利于我进行询问。毕竟，上次那个年轻的服务员还在。

我问了刘宇的去向，小伙子说他去外地考察业务了。

那个时候游戏厅已经走在被淘汰的路上了，刘宇倒是很会赶潮流，还跑到外地去考察业务。

“你们这店开了几年了？”我问。

“两年左右吧。从这家店开业起，我就在这里工作了。”小伙子想了想，问我，“我能抽烟吗？”

我点点头，他点上一根烟，接着说：“其实我们老板对这生意也不是很上心，他还有别的买卖，不在乎这个小店。你别看我好像啥也不懂，但我也知道这个地段不适合开游戏厅。这里住的年轻人不多，游戏厅没多少人来，这店应该是在赔钱的。我们老板看着挺精明的，不知道为什么会做这个赔本买卖。”

他抽了几口烟，似乎觉得自己说多了，讪笑道：“当然了，生意的事我不懂，他也不让问，你就当我在瞎说吧。不过我觉得，这个地方赚钱的，其实是那些台球桌。”

他指了指旁边的几张台球桌，说：“那些人不喜欢打游戏，但都爱来这里打台球。现在这里出事了，没什么人，平时可是火得不行。”

我看看那些戳在地上的球杆和桌子上被整齐地摆放成一个个三角形的台球，说：“对，我就是来问那件事的。”

小伙子马上紧张了起来，烟也掐了，表示一切都历历在目。

可是我问到出事当天发生的细节时，他却一直含糊其词。看得出来，他是真的不记得了。

据他说，当天过来打台球的人不少，店里人声鼎沸，再加上游戏厅里的机器声音本身就很嘈杂，他没发现店里有什么异常。

我问到刘宇平时有什么特别的爱好，小伙子皱着眉头，半天也没有回答，好一会儿才摇摇头说，没看出老板有什么爱好。

我刚要问下一个问题，小伙子犹豫着说："养花算吗？"

我忙环视周围，没看到有花，又想起邻居大妈说刘宇平时都住在店里，不禁有些奇怪，就问："哪儿有花？"

"现在是没了。"小伙子说，"这不是出事了嘛，谁还有心情弄这些花？没出事之前，店里养了几盆花，老板没事就剪枝浇水的，可勤快了。他年纪也不大，却喜欢养花弄草，像个老头一样。不过爱好这东西不好说。"

我想了想，问："他的花都摆放在哪儿？我那天上楼的时候怎么没看到？"

"他收起来了。"小伙子说，"出事了，还摆着花，不合适。我当时还帮着搬了一盆呢。"

我点点头，说："没出事之前，那些花都摆在哪里？"

"那里、那里……"小伙子用手指点了点几处，最后把手指移向一个位置时，我的眼睛亮了。

是窗台。

"他有盆花摆在窗台上了？"我饶有兴致地问，"具体是摆在哪里？”

“摆在铁架子上。”小伙子懒洋洋地说，“我当时还说过老板，也不怕花盆掉下去。他说那花娇贵，得每天晒太阳，摆在窗台上阳光不够充足，想养活，就得摆在架子上。”

我连忙走到窗台前去查看。原来挂招牌的地方，现在已经安装上了新的不锈钢铁架，在阳光下反射着耀眼的光芒。

回到局里，我重新翻出了那份卷宗，仔细地研究现场的照片。拿着放大镜将每一个细节都看过之后，我有种强烈的感觉：自己离真相越来越近了。

但我还有一个疑问没有解开。

于是我来到那栋四层小楼的对面。

那里是一个破旧的居民楼，询问用了我整整一周的时间，结果令人失望。朝向街对面的住户在出事当天要么根本没在窗户旁边，要么就没有看到任何情况。我从一楼一层层问过去，得到的消息并无大用。不过我也不是一无所获。

一位大爷告诉我，他的房间恰好在对面楼层的斜上方，他虽然当天没有看到什么，但对刘宇这个人印象挺深的。

“那小伙子总站在窗户边上浇花。”大爷说，“我总看见他，他还挺有耐心的，每次都浇半天。要说浇花这种事，其实也不能总干，那样花容易死。当然了，我也看不清他浇了多少，但浇的时间挺长的。”

浇花，长时间浇花。我顿时像被子弹击中了一样，内心颤抖了一下，豁然开朗。我感激地笑了笑，说：“是啊，花的确不能总浇水。”

现在，我只要确认最后一点了。

第 4 节

是时候和他见个面了

我再次找到了罗平昌的老婆。这次，我要和她谈的是罗平昌。

“罗平昌出狱之后有什么癖好吗？”我问，“比如有什么经常去的地方？”

女人说：“他出狱后整个人完全变了，像个七老八十的老头子一样，每天都去城边的那个麻将馆打麻将，一打就是半天。他从来不赖账，也不和人家争执，就是玩点小钱，输了就走。我不放心，生怕他又和人打架，还专门去那个麻将馆问过，谁知道那儿的人都说他脾气好。”

她叹了口气：“他都进去十几年了，现在的人都不知道当年他干的那些烂事，所以都觉得他就是个脾气好的普通老头罢了，谁会想到他当年是个谁见了都怕的地痞呢？”

“这不是好事吗？”我说。

“是好事。”女人呜呜地哭起来，“可是他死了。我们虽然是凑合着过，但日子这么久了，也是有感情的，现在他人突然没有了，我也难受啊。”

我没说什么，接着问：“罗平昌平时都几点钟去麻将馆？”

“上午九点钟准时到。”女人一抹眼泪，干脆地说，“他在监狱里守时惯了，干什么都严格按照规定时间来，一分钟都不会耽误，九点钟肯定到那里。只要不下雨下雪，他都是这个时间点到，我清楚得很。”

我明白了！多年的监狱生活让罗平昌有了严格的作息时间，这已经形成了他的生理惯性，估计一生都很难改变。

普通人可能不清楚，在狱中所有犯人的活动安排都是严格按照作息时间表进行的，每一分钟做什么都规定好了，绝不会改变。他们每天都在同一时间做同样的事情，起床、洗漱、吃饭，甚至连上厕所都是有时间限制的。

日复一日规定到分秒级的时间要求，让罗平昌对时间有一种近乎偏执的认真。

即便是罗平昌想偷懒，他的生理惯性都会让他不自觉地按时去做一件事——看过电影《肖申克的救赎》的人或许会记得，剧里男主角说过一句话：“没有允许，我在厕所连一滴尿都挤不出来。”这就是长期规范的制度让人形成的生理惯性。

这也是罗平昌每天自觉或者不自觉地在九点钟准时到达麻将馆的原因。

我相信，在罗平昌按时走在那条房屋林立的街道上时，他应该想不到，有一双眼睛正在角落里冷冷地注视着他的背影。

我对罗平昌出事的时间记得很清楚，那个气喘吁吁的老太太走进我办公室的时候，我下意识地看了一眼手表，当时是早上八点三十九分。也就是说，上午八点三十分左右，罗平昌正走在通往熟悉的麻将馆的路上。如果不是那块充满仇恨的玻璃招牌掉了下去，罗平昌应该会在三十分钟后准时到达麻将馆——毕竟从事情发生到我接到报案，还有一段时间。

罗平昌每天都按时到达同一个地点，走的路线必然是固定的。而且，清楚这一点的，显然不止我一个人。

我想，是时候和他见个面了。

刘宇来的时候，仍然穿得整整齐齐，鼻梁上架着的眼镜闪闪发光，镜片后面的眼神平静温和。

他看上去丝毫没有慌乱和紧张，坐到审讯室里的时候，甚至还左右看了看。他说："这就是传说中审讯犯人的地方吗？看上去还挺宽敞的。"他指了指周围，笑着说，"竟然没有铁笼子。"

"犯罪嫌疑人，"我纠正他的说法，"这里是审讯犯罪嫌疑人的地方。"

"对，犯罪嫌疑人。"刘宇扶了扶眼镜说，"现在我算是犯罪嫌疑人？"

"这就要你来告诉我了。"我说，"罗平昌是死于意外吗？"

"是不是意外不应该由我来说，应该由你们警察来说。"

“是的。”我承认道，“这是我的工作疏忽，我当时只是把这场事故当成了一个意外。”

“是意外。”刘宇纠正说，“我已经赔钱了。虽然那个家属态度不好，但后来我们谈妥了，这件事已经了了。”

“不见得。”我说，“我觉得，非但没有结束，反而才刚刚开始。要我说，这是一场精心策划的谋杀。”

“哦？”刘宇笑了，“你怀疑我杀了那个男人？我有什么能力杀掉他？我能控制那块招牌什么时候掉下去吗？”没等我说话，他就接着说，“警官，你已经在现场查看过了，我也非常配合工作。你们自己下的结论，说那块玻璃招牌是因架子锈断了才掉下去的，和我有什么关系？”

“开始的时候，我是这么认为的。”我说，“不过后来我寻访了你那栋楼对面的住户，得到了一个信息。他们说，经常看到你在窗户边浇花。”

刘宇没说话，只是若有所思地看着我。

“我去你店里问过了，当然那个小伙子可能已经告诉你了。在这次意外发生之前，你一直有养花的爱好。”我说，“不过后来，你好像没这个爱好了。你能说说这是怎么回事吗？”

“没心情了。”刘宇说，“死人了，我没心情养花了。这也犯法吗？”

“当然不。”我说，“不过据你的伙计说，你养的其中一盆花，之前是放在那个挂招牌的铁架子上的，对吧？”

刘宇扭动了一下身子，没有说话。过了几秒钟，他缓缓地点了点头。

“你的伙计说,你把那盆花放在那里,是因为那种花需要阳光,其他地方都没有那里阳光充足。这个理由听上去很有道理，所以没人怀疑,即便是对面的居民看到你,也觉得你的确是在给花浇水。

“我也相信。我问过底下商铺的老板了，你的水还经常滴在人家的窗户边,因为是水,所以对方并不是很在意。这间接证明了,你的确经常给花浇水。对面居民楼那个看到你浇花的老人提醒了我，他说你浇水浇得太勤了。”

我意味深长地说：“其实，这样对花很不好。”

“我的花品种比较特殊，”刘宇说，“得多浇。”

“这也是我所困惑的地方。”我摆了摆手，“你为什么要给一盆花浇那么多水？后来我想起另一件事。伙计说你的花是摆在挂招牌的铁架子上的，但罗平昌出事那天，我并没有在现场的地上看到碎掉的花盆。按理说，你的花盆放在架子上，架子断了，花盆应该摔碎了在地上。那么问题来了，你放在架子上的花哪里去了？”

刘宇沉默了，眨了眨眼睛，又直勾勾地望着我。

“你的伙计告诉我，当时因为死人了，你觉得晦气，所以就把那几盆花给收起来了。但你收花是出事之后的事，架子上的花不见了却是事故发生之前的事，这说明这盆花在架子上掉下去之前就已经被你收走了。这是为什么？”我自言自语地说。

“为什么？”刘宇探了探身子，反问我。

“因为那盆花已经没用了。”我敲了敲桌子，说，“我说得对不对？”

“听不懂。”刘宇冷笑。

“也许你的确是在浇花，但那不是你的目的。”我说，“你真正的用意是给那个架子的支点浇水，促使它们早点生锈。我觉得，出事那天，你一定是认为那个架子锈得差不多了，即便是断掉也不会有人怀疑，所以拿走了那盆作为掩饰的花。如果发现案发现场的地面上有一盆花，警方一定会就此进行询问，你当然不希望这样，所以你提前拿走了那盆花。”我看刘宇没有说话，接着说，“这也解释了你为什么之后没有继续你的爱好，因为那会让我起疑心。所以，你的店里从那时起就再也没有摆放过任何一盆花。”

“你的想象力真丰富。”刘宇说，“你的意思是，是我人为让那个架子生锈的？奇怪了，我怎么能够算准罗平昌去的时候架子就会掉下去？或者说，我能保证罗平昌就那么凑巧在架子掉下去的时候从那里经过吗？”

“我很佩服你，真的。”我答非所问，“你为这件事策划了很长时间吧？我算过了，罗平昌出狱到现在已经五年了，你来这里恰好也是五年。也就是说，从罗平昌出狱起，你就已经在策划这件事了。”

刘宇的表情没有任何变化。我接着说：“我猜想，这五年里，你慢慢地摸透了罗平昌的生活规律，终于算准了罗平昌几乎每天都会从那栋楼下经过——不，应该这么说，因为罗平昌每天都会经过那条街，所以你租下了那个店面。我找罗平昌的老婆了解过了，他从两年前开始，雷打不动地每天经过那栋楼去麻将馆，时间几乎不会变，而你的店开了正好两年左右。当然，我说的这些对不对，你比我清楚得多，对吧？”

“你弄错了，我不清楚。”刘宇说，“你有什么证据吗？”

“有。”我说，“虽然那个架子已经被处理掉了，但我看过现场照片了，架子上其他金属部分的锈迹没有那个支点多，那个支点的锈迹最多。我猜想，在焊接这个招牌架子的时候，你就蓄意让焊接点不那么结实，而且你心里清楚，以那个架子的重量，断裂一个支点足以让整个架子重重地掉下去。”我停顿了一下说，“我猜想，搞不好你连架子会掉在什么位置都模拟过了。”

“我为什么要这么做？”刘宇笑了，问，“你说得像侦探小说一样，神乎其神的，我搞那么复杂的机关，杀个老头干什么？”

“因为你的母亲。”我看到刘宇眼中迅速闪过一道凶光，接着说，“因为他对你的母亲犯下了罪行。”

“你什么意思？”刘宇问，这次他的声音小了很多。

“罗平昌应该是不认识你的，但你一定认识他。”我说，“十几年前，就是他将你的母亲殴打致残，还实施了暴行。这件事情，想必让你对他非常痛恨。”

“这件事情……”刘宇打断了我的话，“都已经过去了。坦白地说，我那时只有十几岁，少不更事。我的母亲含辛茹苦地把我抚养大，出了这种事，我的确非常痛苦。但日子一天天过去，我也长大了，终于熬过了那段日子。特别是在母亲走了之后，我就放下了这件事。”

“我不这么看。”我说，“正相反，我不清楚你是从什么时候开始策划这件事的，但从你的母亲去世后开始，你应该就立刻开始着手报复了。这么多年，你从来没有忘记这份仇恨——罗平昌的死证明了这点。”

我说：“出事那天，罗平昌和平常一样准时经过你的楼下。你觉得时间到了——为了这一刻，你准备了五年。但架子要在罗平昌走过楼底时准确地掉下去，这是你唯一无法间接掌控的事，你必须亲自动手。

“我不清楚你是用什么方式将那个架子推下去的，但你肯定使用了工具。我在架子上没有提取到清晰的指纹，说明当时你没有直接用手。但我不认为你会这么干，对面就是居民楼，那样你太容易暴露。

“店里有很多工具，比如球杆。使用球杆的好处是，上面没法提取指纹。球杆整天都有人在用，上面的指纹太多了，即便提取到了你的，也说明不了任何问题。

“我还能想到几种方法，这并不难做到。当时游戏厅里人很多，游戏机的音效加上其他乱七八糟的声音，基本上做什么都很难引起别人的注意，你的动作稍微隐蔽一点，就不会有人注意到。

“你得手后，店里的人不会立刻知道招牌砸到人了，这里存在一个时间差。你知道，你只要快步从那个窗台旁走开，就不会有人发现。”

“太荒唐了，那架子是锈断的，”刘宇呼出一口气，眼镜片闪闪发光，“当然没有我的指纹。”

“你当然不会承认。”我笑着说，“这是一出好戏，而架子生锈是你的障眼法。一个支撑点足够牢固的架子掉下楼，太容易让人起疑了，但一个已锈断的架子，就显得很自然。换句话说，你从来没有喜欢过花，你一直都在为那个架子浇水，好让别人以为那个架子是锈断的——当然，那个架子看上去也的确是锈断的。”

刘宇冷笑一声，不置可否。

“你记得我那天去你店里查问吗？”我说，“我注意到，你没有安装监控。当然，现在很多店里都没有装，这个倒不奇怪。不过，这对你肯定是有利的。”

“你想太多了，警官，”刘宇重新坐回去，挺直腰说，“事情没有那么复杂。这个姓罗的的确伤害过我的母亲，实话实说，他死了对我来说是件值得高兴的事情，但你说我设计杀害了他，就冤枉我了。”

他又笑了起来，脸上带着一种淡淡的鄙视之意：“法律是讲证据的。你这么着急要把罗平昌的死栽赃给我，至少要拿出证据来吧。”

“我会找到的。”我说，“有一点是我没想到的，你居然会威胁罗平昌的老婆。你太自信了，这会害了你。我可以告诉你，既然能坐在这里和你谈，就说明我已经有了把握。现在我的同事正前往你的店内，寻找我们需要的证据。物证技术的发展，没有你想的那么落后，我想会在那里发现我们想要的东西。”

想了想，我又说：“你的店一直都在亏本，你居然能坚持两年，这说明你的经济条件很不错。其实，你本来可以生活得很好。”

“我读书很认真。”刘宇淡淡地说，“我妈身体不好，我不能辜负她。你知道有句老话，‘知识可以改变命运’。”

“对，只是你不仅改变了自己的命运，”我叹了口气，“还有别人的。”

“我没什么好说的，”刘宇仍然很平静，站起身说，“祝你好运吧。我再次重申，我是清白的。姓罗的死，和我没有关系。”

走出门的时候，他像是想起了什么，回头对我说：“不过对我来说，姓罗的这种下场，就叫罪有应得。我和他的老婆已经和解了，希望我们也可以，警官。”

这个故事到这里当然不算结束，但我的讲述就要结束了。

我只能告诉你，案件的真相和我推测的几乎完全一样，刘宇也受到了应有的惩罚。以后的日子里，我再也没有碰到过像刘宇这样的对手了。

如今，我看到科技发展给刑事科学技术带来的巨大飞跃，总是会感慨，在各种花样百出的犯罪案层出不穷的今天，破获一个案件较之以前有着更多的便利。

这个案子放在今天，可以说没有太大难度，各种几乎无死角的监控和刑事技术能够让刘宇的任何踪迹都无处遁形，但在当时，我们为此付出了上百倍的努力和辛劳，在无数个夜晚进行搜索和分析。但有一点始终没有变化，那就是人们对于复仇的渴望和煎熬，以及因此带来的难以释怀的痛苦回忆。

多年的办案经历告诉我，时间并不能让所有的仇恨释然，反而有可能让那些充满血泪的瞬间像刀锋一样将仇恨铭刻在心里，生出无数黑色的花朵。

愿阳光照射到的地方，不再有黑暗，每朵花都能绽放出五彩的光芒。

第六章

FENG MANG
TANG FENG TAN AN BI JI

警察的浪漫：甜蜜背后潜伏的危机

第 1 节

我的得意弟子韩东升

我有个徒弟，叫韩东升。前面的故事里，韩东升跟我一起处理了一起发生在出租屋里的诡异杀人案，大家对这位年轻的警察很好奇，这里我就来讲讲韩东升的故事。

警察这个行当，新人需要有个老警察带着跑跑案子，熟悉一下办案流程。更重要的是，这可以让他们知道办案过程中如何与人打交道。

这里的“人”，既包括普通群众，也包括阴狠狡诈的犯罪嫌疑人。

刚入警的新人，很多都是冲着警察威风帅气和怀着一颗惩恶扬善的心考入系统内的，他们摩拳擦掌，期待能够大有作为。然而时间会磨平一些不切实际的想象和冲动，最终沉淀下厚重朴实的内涵。

只有真正干过才知道，那些细碎烦琐、需要百倍耐心的基层工作，才是警察的日常工作。统计户籍、处理鸡零狗碎的家长里短、调解斗气争吵的夫妻、查处酒吧肮脏的交易……这些琐碎的工作会逐渐打磨掉那些不切实际的幻想，让他们真正了解警察这份工作。

只有时间，才能滤去那些浮躁和虚荣，让真正赤诚的警魂融化在人民之中。

这是个摸索的过程。没有面对过一言不合就骂声四起的大爷、刁蛮无理的街头混混、反复叨唠却说不清一个问题的老者，是无法明白基层工作的艰辛的。警察的每句话、每个动作都置于人民的监督之下，更应该注意工作中的言行举止。

这就是老警带新警最重要的作用。

没有老警的帮扶，他们只能自己去摸索，经历过数次磕碰才能踉跄着走上警务工作的道路。但如果有人能予以引导，他们会省时省力得多。

韩东升就是我带过的最好的徒弟。我只比他早入行几年，可以说我已经倾囊相授，把自己在这条战线上一点浅薄的经验手把手传授给了他。他没有让我失望。

韩东升是个精干的小伙子，有着一腔热血，胆大心细、正直勇敢。应该说，警察这个职业很适合这个有冲劲和魄力又疾恶如仇的年轻人。

后来他因为下沉锻炼去了基层派出所，所以一直都没有回到刑警队。因为一个出租房的杀人案件，我又和他合作了一次，但那次之后，我发现他变了。

那次的案子很曲折，但最终还是顺利结案了。可在那次办案时，我发现韩东升变得有些委顿，似乎精神上受到了什么重创，脸上那种跃跃欲试的神情被一种波澜不惊的神情替代。

他属于抽调，在案件结束之后就回到了属地派出所，我也没有机会进一步跟他接触。

不过最近我得知，他因为写得一手好公文，被上调到分局办公室去了。相比他以前在派出所处理繁杂琐碎的事务，这算是个好差事，于是我约他出来小酌几杯。

作为一个刑警，我难得有空闲。刑警就是这样，工作忙的时候连轴转，几天都吃不上一顿正经饭，没有案子的时候又似乎很清闲，只不过这种时候太少了，也显得尤为珍贵。但这就是刑警的工作，或者说，这就是多数警察的情况。

犯罪分子作案是不分时间的，随时待命、及时出警是社会治安对于一个警察基本的要求。也正因如此，我觉得韩东升能够调到市局去从事文书工作，未尝不是一件好事。

韩东升的变化并不是那次才有的。办理那起凶杀案的时候我就已经发现他不对劲了，具体不太好描述，似乎有些东西从他身上抽离了。虽然他还是像以前那样爱问东问西、跑前跑后，偶尔也对案件提出自己的疑问和看法，但我总觉得，他和以前相比产生了一种变化——我没有看到以前他身上那种充满斗志的冲动和顽强了。

以前的韩东升，像是一匹即将冲上战场的战马，浑身上下都肌肉绷紧，充满了兴奋感；无论现场多令人毛骨悚然或退避三舍，他都毫不畏惧。

我见过这小子在一个分尸案件的现场吐得一塌糊涂，吐完了摸摸嘴巴，拿着一副手套再次冲进现场。他蹲在那具泡得肿胀的尸体面前，只坚持了十分钟。他第二次冲出去的时候，连那个女法医都看不下去了，轻声劝他回避一下。

不可能，我知道这小子不会罢休。

他捂着嘴巴笑了笑，回来的时候满眼都是泪水，还弯下了腰，看上去很不舒服。我知道这是因为他上次已经吐干净了，肚子里没东西，在空腹的情况下呕吐更加难受，所以把眼泪逼出来了。

尽管这样，他还是弓着腰把现场勘查了个遍。案子破获后，法医中心的老徐拍着我的后背，说："可以啊，眼光不错，这年轻人靠谱，不比你当年差。"

"不比我差？扯淡！"我笑呵呵地说，"比我强！我当年的最高纪录，一次出警吐了四回！"

所以，我心里始终有个挥之不去的问号：到底是经历了什么，他才会变成这样？

再次见面，韩东升似乎比之前精神了些。当然，要不是我和他共事了几年，尚算是他的师父，一般人还真看不出这点，可能只会觉得他变成熟和沉稳了。

我们简单地聊了几句，互相交换了一下近况。

韩东升在派出所干得很好，为人正直、热心，做事情又麻利，所长很器重他。人才大家都想要，上次我们一起办了出租屋那个案子，他从我这里回去之后，分局借调搞专班，他们所长人很豪爽，把他推荐上去了。他干了一段时间，分局觉得他不错，打个报告把他直接要了过去。所长也没含糊，一个磕巴没打，直接放人。

“你碰上贵人了，你们所长是个好人。”我笑着说，“这种人现在不多了，你得好好感谢人家。其实他想留住你也不难，这份情，你得记得。”

“我知道。”韩东升往嘴巴里扔了一颗花生米，说，“我还挺舍不得他和那帮战友的，毕竟干了有几年了，大家都很照顾我。我们所里氛围挺好的，真的，就是活太多了。”

“去了分局也少不了，你做好准备吧。”我看看韩东升的脑袋，开玩笑说，“你头发还不少，要好好保养，别到时候都掉了。干基层累身、写文件累心，都累。”

“无所谓的。”韩东升也笑了，“在哪儿都是为人民服务，都一样。”他端起酒杯，若有所思地看着窗外，脸色渐渐地阴沉了下来。

“你有什么心事吧？”我说，“上次办案的时候我就觉得你不对劲，出什么事了？”

韩东升听了，扭头看着窗外，再转过来的时候眼睛泛红：“师父，我……”

他一叫我师父，我就知道这事严重了。

前面说了，我比他大不了几岁，平时聊天我们很少以师徒相称。韩东升是个讲究人，只有办案的时候，他有问题不明白了，才会跑到我面前“师父、师父”地叫，平时我俩都是像朋友一样相处。我还挺喜欢这样的，毕竟自己不过是入行早了几年，有点经验传授给同事，那也是一种成就。总是被人叫师父，我还挺不自在的。

被他这么一叫，我连忙问：“怎么了？”

没想到他一个字也没说，过了很久才举起酒杯说：“师父，这些年让你费心了，我敬你一杯。”

然后他一饮而尽，再无后话。

我当然觉得很奇怪，但我了解他，他不想说，我问是没用的。

所以我第二天就抽空去找了他的所长，一个叫做刘林东的老警察。

第 2 节

坐地铁“捡”了个女朋友

借调韩东升的时候按照程序去函，我和刘林东通过电话打过招呼，但我们并不熟识。不过从他痛快地答应我借走韩东升来看，他是个爽快人。

果然，我出示证件和他开口聊了几句后，就知道这是个负责任的老警察。

我随便提到辖区的治安情况，谁家的东西丢了几次、哪个小区的孤寡老人比较多、最近小区什么案件多发……他掰着指头如数家珍，像是脑袋中有个储存库一样，将这些杂七杂八的百姓琐事全都存放在里面。

我的眼神中不禁充满钦佩之意。我在派出所干过，深知复杂、枯燥的基层工作有多令人烦心，但我从他的言语之间丝毫看不出疲倦和厌烦之意。他神采奕奕、侃侃而谈，似乎没有被繁重的工作影响情绪，只有纵横的皱纹和浓厚的黑眼圈显示出他的辛劳和疲惫。

熟络起来，我几句话后就直奔主题："老刘，不瞒你说，我这次来还是为了韩东升。"

"又要借？"他笑呵呵地说，"又来大案子了？不过他最近要走了，我很快说了就不算了。"

"不是。"我说，"我觉得他不对头。"

"什么？"刘林东的大嗓门一下子高上去，"你什么意思？"

"我这几天找他聚了聚。"我说，"我和他很久没见了，在酒桌上问他近况，看他好像是有心事，问又不肯说。不瞒你说，我带过他，知道肯定有事情发生，你了解吗？"

我看刘林东一下子沉默了，接着说："其实他上次去我那里帮忙的时候，我就发现他不大对劲。我说不好，总觉得他缺了点什么，不像原来那么……"

"有冲劲？"刘林东抬头看看我，脸上的笑容也不见了，"是不是？"

"是。"我说，"你知道原因？"

刘林东没说话，只是重重地叹了口气，然后将手里的烟头捻熄扔在旁边的垃圾桶里，拍了拍手，指了指办公室说："里面谈。"

我的心一下子悬了起来。

刘林东坐下后直视着我说："别看我大你不少，但我真的挺佩服你的。你这个徒弟，是个好警察。"

我没说话，点了点头。很明显，刘林东后面说的才是重点。

他开口了：“我说的这件事，很多人都不知道，我也不准备告诉别人。我答应过小韩，谁都不说，但你是小韩的师父，手把手教过他。现在社会发展了，很多时候新人得靠自己摸索，战友情谊都在，但师徒情谊淡了，所以有个肯用心照顾徒弟的警察很难得。不瞒你说，我带小韩好几年了，他在不同场合都念叨过你。他虽然只比你小几岁，但在我面前提起你来，从来没叫过大名，都是说‘我师父’。我看得出来，他很敬重你。”

他长舒一口气：“这就是为什么你上次说借人，我二话不说就答应了的原因。但这次我告诉你的事情，你得为他保密。”

我点头，现在说什么都是多余的。

刘林东随手拿起一根烟，却夹在手指间没点燃，语速突然慢了下来。

他轻声说：“前年，韩东升谈了个女朋友。

“这小子你是知道的，人长得帅、个子也高，更难得的是，嘴皮子也溜，说话一套一套的，所以很招女孩子喜欢。按说他谈个女朋友我一点都不奇怪，他刚来所里的时候我还担心他是个浪荡公子，怕他三天两头招蜂引蝶，影响不好。

“结果大出我所料。他来了一年了，我就没见他和女孩一起相处过。当然，派出所的工作忙，人家下班后干什么我也不知道，但首先你得下班对吧？可韩东升倒好，来了一年，在所里待了两百多天，把派出所当他家了，整宿整宿地不回去。

“当然，所里工作多，这个也是实情。你在基层干过，应该知道辖区工作是永远做不完的。实事求是地说，虽然小韩肯下力气，但我也没有给他在分内工作之外多加重担，他主要的精力都放在熟悉业务上了。

“我们这个所这几年已经系统化了，一些常规工作都形成了一套比较完整的模式，而且科技发达了，一旦基层摸排工作到位，至少一段时间之内基本可以实现网络操作，省了不少人工。

“当时韩东升刚来，对业务不熟悉，更别说对辖区居民有深入的了解。而派出所的社区工作就讲究一个勤快，所谓‘业务全靠两条腿，进门全靠一张嘴’，所以他整天带着个小本子下辖区挨家挨户地走访，再回来登记上传，整理顺序备案，定期更新。这样折腾下来，一年时间很快就过去了。

“小韩谈不谈恋爱，我不着急，那是人家的私事。可所里的几个中年女警着急了，跟给自己的儿子找对象似的，一天到晚围着小韩问东问西。这小韩也厉害，愣是一个个都推了，理由也简单，就说工作忙，弄得那帮女警都跑来找我，嫌我给他安排的工作多，你说我冤不冤？好在工作安排大家都看在眼里，知道我没给他多摊派，是小韩自己主动加班。

“时间一长，大家慢慢地就习惯了，也不再有人给他介绍相亲对象了。再说了，就算是介绍了，就他这个工作的劲头，哪个女孩能受得了？

“没想到有一天在办公室，小韩表现出一脸幸福的样子，笑眯眯地跟我说，他交女朋友了。

“不瞒你说，我很感动。韩东升这小子可不是随便能和别人交心的人，尤其是交女朋友这种隐私。那帮女警左问右问，威逼利诱了那么久他都没有走漏风声，这次居然亲口告诉我，足见他对我的信任。虽然派出所不是什么大单位，但我好歹也算是小韩的上级，他能和我说这种事，起码说明我没让他失望。

“不过当时我可没有这么冷静。我嘴巴张得老大，看了他几秒钟问：‘你小子什么时候谈的？别是网友吧？’

“我说的是实话。他来了一年多了，除了下社区，都没怎么离开过派出所，这女朋友是天上掉下来的吗？别看我年纪大了，咱也年轻过，咱们那时谈恋爱再怎么着也得出去逛几次街、看几回电影吧？就韩东升这拼命三郎的劲头，他哪有工夫谈恋爱？

“后来韩东升嘿嘿地笑着告诉我——比网友还扯，是坐地铁捡的。

“我听他一说才明白，还真是‘捡’的。

“事情也简单。在地铁上，一个男人在一个女孩身后蹭了她的臀部半天，女孩忍气吞声不敢声张，小韩站在旁边看见了。这不是在往小韩的枪口上撞吗？他直接一把抓住男人，扭头就将人送去地铁派出所了。这事要不是他自己说我都不知道，当时我还埋怨小韩‘你小子也不自报一下家门，让我也风光一下’。

“然后女孩就看上他了。小韩个子高、长得帅，还是警察，又见义勇为、英雄救美，我要是女孩我也喜欢小韩。两个人相互加了微信，一来二去就谈上了。

“我一听高兴得不行，连说这就是缘分，由衷地替他开心。没想到一回头他就说‘所长，我是看你对我不错才告诉你的，这事你谁都不能说’。他说不想现在就让别人知道，等正式确定下来再公开。”刘林东说到这里，停顿了一下。

我心里咯噔一下，有种不祥的预感。

刘林东像是看出了什么，捻着手里的香烟，说：“后来，就出事了。”

第 3 节

故意暴露身份的神秘跟踪者

“开始的时候，一切都很正常。完全看不出小韩有什么异样，每天还是照常加班，只不过从此不在所里过夜了。他即便是晚上十一二点才将手头的工作处理完，也要赶最后的班车回租住的房子。我一度以为两个人同居了，当然我也没问。不过小韩后来说，他们并没有住在一起，只不过晚上回家后他要和女孩煲一会儿‘电话粥’——这事在所里干，他总觉得不自在。

“女孩叫宋姝静，挺干净的名字，长得也干净，细眉细眼、皮肤白皙，高高瘦瘦的，看着就是从书香门第里出来的。她在读研究生，比小韩小两岁，学的什么专业我不清楚，但挺高端的，小韩每次提起来都一脸骄傲。

“人当时我没见过，只见过照片，看上去和小韩挺般配。你知道，这小子话多，咋咋呼呼的，有个文静的女朋友正好磨磨他的性子，互补。

“果然，小韩那段时间变得耐心起来，有案子也不上蹿下跳了，有时候对着一摞案卷能几个小时不挪窝。所里几个同事都觉得奇怪，只有我在心里偷笑。有一天我忍不住夸奖他，这小子还不好意思了，说是和小宋在一起之后，自己干什么都轻手轻脚的，性子变得慢了很多，更不敢像以前那样造次。

“我心里暗笑，总算有人能够治得了这小子了，更是为他高兴，算起来他也是快三十岁的人了，父母都不在身边，也该有个女朋友了。

“我几次和他说过，想找个机会请他们吃个饭，见见他的女朋友，可都被这小子搪塞过去了。当然，我看得出来他不是有意拒绝我，是确实不愿意过早地将女朋友暴露在大家面前。

“其实就算是朋友，一起和所里的同事吃个饭也没什么。按照他的性格，我理解。别看他平时笑嘻嘻的，没个正形，骨子里还是很传统的，估计觉得没见过双方父母，现在领出来见人没那么名正言顺。这么一想，小韩还是个心思很细的人，我也就没有强求。

“就这样过了几个月，我有一次无意中提到小韩女朋友的事情，却发现他脸色不对。但这是人家的私事，年轻人有个矛盾什么的都很正常，我就没有多问。不想过了几天，小韩主动过来找我了。

“他很直接，开口就问我能不能下午下班早点走，而且表示绝不会耽误手头的工作。

“我当时就愣住了。并不是因为这个要求太过分，而是这话从小韩嘴里说出来，我觉得太不可思议了。

“小韩是出了名的‘工作狂’，说派出所是他的另一个家都毫不过分。他就算是有了女朋友，在单位的时间也多过在住处。现在他主动提出下班想早点走，而且要持续一段时间，我当然感到意外。

“更让我意外的是，这件事和他的女朋友有关。

“小韩告诉我，一周前，宋姝静告诉他，感觉自己被跟踪了。

“我听了感到有些匪夷所思，让小韩说仔细点。他告诉我，早在一个月之前，宋姝静就发现，自己在出校之后，无意中总是看到一个人跟在自己身后。刚开始她没在意，但在不同的地方三番五次地看到同一个人出现，这引起了她的警惕。

“她毕竟有一个警察男朋友，这种事情平时也有耳闻，觉得自己应该是被跟踪了。为了验证这点，她还特意让同学陪同她去了郊外一个比较偏僻的地方，想看看是不是还有人跟着。

“但这次，她没有发现那个尾随她的人，这让她感到有些意外。她一度在想自己是不是紧张过度，就没把这件事情告诉小韩。不过在一个夜晚出校做家教的时候，她再次从公交车的玻璃中看到了一张模糊的面孔。她虽然看得并不真切，但有种强烈的感觉，这就是那个几次在不同的场合跟踪她的男人。

“这次，宋姝静害怕了，第一时间告诉了小韩。小韩当然相信宋姝静，他的第一个反应是，会不会是上次那个猥亵她的男人意图报复她。但宋姝静说，那个令人作呕的男人她印象太深刻了，如果是同一个人，她一定能够认出来。从相貌和身高上来看，一直在跟踪她的人不是那个人。

“小韩不太相信宋姝静的话。一个人在惊慌失措中产生的感官印象是不可靠的，大脑会趋利避害地有意修改一些记忆，避免让人陷入恐慌。所以，如果是上次那个男人，宋姝静未必认得出来。

“但这次，小韩失策了。他调查了那个猥亵男相同时间段的活动轨迹，发现确实没有和宋姝静的路线有重合。这让他陷入了担忧。他仔细地询问过宋姝静，她最近并没有和别人发生过纠纷，也没有在学校陷入感情纠葛。也就是说，她身上没有可能造成这种局面的原因。

“他第一次对宋姝静产生了怀疑：这会不会是她的错觉？另一个疑问则让他心惊肉跳：如果宋姝静说的是真的，那么到底是谁在跟踪她？他心里隐隐有些不安，因为他有种感觉，这件怪事可能和他有关。

“他想弄清楚，宋姝静是不是真的被跟踪了。

“这就是他来找我请假的原因。

“宋姝静在这个城市的东边有几份家教的兼职，每个周二和周四的下午，她都要坐公交车穿过大半个城市到对方家里，给几个初中生补习功课，到晚上再坐公交车回学校。作为一个品学兼优的大学生，她已经这样做了几年了。宋姝静家境并不殷实，她还有个正在读高中的弟弟，因此大学期间她的学费和日常花销都是自己兼职赚来的。

“这也是小韩对她感到既心疼又钦佩的地方——他提出自己出钱，让宋姝静不要再做兼职，却被这个自力更生的女孩拒绝了。”

“难得。”我轻轻地感慨。

刘林东点头：“可不？我当时也是这么说的。能找到这么优秀的女孩，是韩东升的福气，所以我当时就同意了。”

刘林东点燃手里的香烟，说：“我告诉他，只要和我打个招呼，这段时间他就可以提前下班，但绝不能耽误手头的工作。如果需要他加班，那就不能通融。

“小韩是个明白人，表示绝不耽误工作，而且他做到了。从那之后，我看到他早上来得更早了，天不亮就开始处理手头的材料和档案，中午吃饭的时间也一再压缩，好挤出时间提早下班。

“其实他完全没有必要这样。我也没有硬性要求他的意思，但韩东升这个人就是如此，对自己的要求远高于别人对他的要求。这种日子并没有持续多久。两个星期之后，他告诉我，的确有人在跟踪宋姝静。

“我对他确认的过程很感兴趣。毕竟，如果宋姝静真的被人跟踪了，跟踪者也不会傻到被发现了而不自知。宋姝静不过是个学生，几乎没有反跟踪技巧，不可能做到若无其事。对方一旦知道宋姝静有所察觉，一定会隐匿行动，小韩是如何确定女朋友被跟踪了的？

“我这样问韩东升的时候，他沉默了很久，反问我记不记得几个月前，我们辖区处理的一起涉毒案件。

“我听了这个，当时心就揪了起来。

“案情很简单。一伙人在辖区聚众吸毒，被群众发现后举报。我们通知缉毒大队，当时就抓了现行，将人一窝端。案子很快就侦破了，一众人员判刑的判刑、强制戒毒的强制戒毒，处理得很彻底。这都不重要。重要的是，我记得，我们当时上楼去抓人的时候，韩东升也在场。也就是说，对方认识这个警察。

“小韩皱着眉头说，宋姝静有一次外出的时候，他远远地跟在宋姝静身后，发现宋姝静身后的不远处一直跟着一个人，那副面孔，曾经在那个案子中出现过，他记得。

“刑警的一个职业特征就是对见过之人都会尤其留意，说夸张点，几乎过目不忘，尤其是对见过的涉案人员。这不是因为刑警记性好，而是一种职业要求形成的习惯。韩东升当然不例外。

“他记得那人叫任磊，是个吸毒人员。任磊被抓的时候因为不涉及犯罪，拘留期满之后被责令去社区戒毒，之后就回去了。

“韩东升咬紧牙关说，他之后让宋姝静描述了跟踪者的模样，基本上可以肯定是任磊。更令韩东升警惕的是，从被韩东升发现之后，宋姝静就再也没有发现有人跟踪她。你知道这是什么意思吧？”刘林东说到这里抬头看着我，问。

“知道。”我说，“这人是故意被韩东升发现的。”

刘林东点头：“这才是大麻烦。”

威胁。我很清楚这个任磊想干什么，他屡次跟踪宋姝静，目标其实是韩东升。

很明显，宋姝静是不可能认识任磊的，任磊一定是知道了宋姝静是韩东升的女朋友。这就解释了为什么毫无侦查技巧的宋姝静都能够发觉自己被人跟踪，甚至能够辨认出跟踪者的面目。

对方的目的就是让宋姝静发现，进而引起韩东升的注意来传达一个信息——他们知道，韩东升有女朋友。

“韩东升的父母还在老家吧？”我问。

刘林东明白我的意思，摆了摆手：“都在，很安全。他们不知道这件事，我也第一时间问过韩东升了。在这个城市里，除了宋姝静，他没有别的牵挂。”

“这个叫任磊的这么做，想干什么？”我问，“按我的思路，这浑蛋要犯事。”

“对。”刘林东说，“这是我想到的，也是韩东升想到的。”

韩东升清楚，任磊跟踪宋姝静唯一的理由就是自己，要么是对上次被抓的报复，要么就是在传递一个信号。很明显，这个信号，不可能是友善的。

韩东升当然不怕，但宋姝静是他的软肋。

第4节

就这一次，还是出事了

“更让韩东升揪心的是，他无法对任磊采取行动。这也是任磊狡猾的地方。如果任磊直接寄封恐吓信，无异于授人以柄，韩东升马上就可以顺藤摸瓜对他进行处理，可是任磊没有。

“虽然宋姝静声称任磊跟踪了她，但任磊只是和她同时出现在相同的地方，并没有做任何对宋姝静不利的事情，甚至连尾随都无从查证。

“韩东升无法因为这个就对任磊采取措施，况且他心里清楚，仅凭这个有吸毒史的任磊，没有胆量做出这种事情。”刘林东说到这里，叹了口气，“如果是你，你会怎么办？”

我想了想，说：“既然对方把事情做到这个地步，不如直接找那人谈谈，至少对他或者他背后的人是个震慑。”

“果然是韩东升的师父。”刘林东说，“韩东升就是这么干的。”

韩东升直接去了任磊家，明确地告诉他，如果他胆敢有什么举动，自己绝不会放过他。

当韩东升问到他跟踪宋姝静的原因时，那个吸毒鬼紧张得几乎尿了裤子，哆哆嗦嗦地说不出话来。他始终不承认跟踪过宋姝静，对于为什么出现在宋姝静周围，他一直强调说是巧合，自己连宋姝静是谁都不知道。

韩东升当然不相信这番说辞。他没有彻底把话挑明，但意思表达得十分清楚。任磊全程都在像捣蒜一样点头，堆出一脸谄媚的笑容，没有敢说半个“不”字。

但韩东升丝毫没有感到放心。

他很清楚，吸毒者的话不可信。虽然他从警时间不长，但很多人都曾经教过他一点：为了毒品，这些嗜毒成性者没有什么谎话说不出来。

保持警惕——韩东升的脑海中始终铭刻着这四个字。

他从那天开始就保持着高度警觉，同时也陷入了深深的痛苦中。这痛苦持续的时间并不长，因为只不过隔了一天，他就和宋姝静提出了分手。宋姝静当然不同意，哭着询问原因，像疯了一样问韩东升是不是变心喜欢上别人了，甚至提出，只要韩东升承认，她就不再纠缠他。但韩东升什么都没说，只不过从那以后再也不接宋姝静的电话，也不回她的微信，断绝了和她的一切来往。

宋姝静则表现出了异乎寻常的坚持，跑到派出所来寻求真相。那是刘林东第一次见到宋姝静，当时她刚哭过，眼睛肿得像桃子，看上去楚楚可怜。

韩东升发火了。他当着派出所同事的面，狠狠地骂了宋姝静一顿。宋姝静哭着离开之后，韩东升第一次遭到了众人的鄙视。在一片质疑声中，韩东升一声不吭，转身离去。

其实这种事情，不好说有没有什么后果，可能就是这个小混混一时起意，发泄一下情绪。但韩东升对此很在意，生怕宋姝静因为自己受到伤害，所以当时的态度非常坚定。

“问题是，他和宋姝静分手就能保护她了吗？”我问，“这不是掩耳盗铃吗？”

“权宜之计吧，至少能减少他们之间的来往。小韩没那么幼稚，一直都在暗处保护着她。

“不瞒你说，咱们做警察的，尤其是一线警察，随时都可能受到犯罪分子的威胁。”

刘林东又说：“这些你都很清楚，你在刑警队，体会应该更加深刻。但在基层派出所，如果我们对对方没有足够的估量，很难判断对方的实际危害性。”

我听着不对头，问：“你的意思是……”

刘林东点头：“是的，后来的事情证明，韩东升低估了对方的危害性。

“韩东升其实从来没有放松过警惕。有一段时间，他在所里拼命地工作，不时到我这里请假出去。我心里有数，他一定是去宋姝静的学校了，他还是很放心不下她。

“好在宋姝静一直都很正常。和韩东升分手让她痛苦了很长一段时间，但时间能够治愈伤痛，过了很长一段时间，她的状态比以前好了很多，就是整个人变得更加安静和孤僻，之前隔三岔五就要去的聚会都很少参加了，总一个人去图书馆看书，一看就看到很晚。韩东升常常在他们学校图书馆旁边看着她进去，几个小时后又看着她出来，再慢慢地走回宿舍。

“这种情况持续了大概半年，韩东升没有发现任何异常。没人再跟踪宋姝静，也没有其他情况。其间还有很多男生追求过宋姝静，但都没有成功。

“韩东升高悬的心随着时间的流逝慢慢地放了下来，宋姝静重新回到安全状态让他渐渐地恢复了往日的活力，我们在工作中又听到了他的笑声和调侃声。只不过有些女同事经过他旁边时，有时会忍不住翻他一个白眼。

“每当这时，他都会露出一丝苦笑，但从来不说什么，只是看着手腕上的那块表发呆。

“那块手表是宋姝静送他的生日礼物。

“我不知道他们是什么时候重新开始交往的。”

说到这里，刘林东呼出一口气：“依我看，小韩一直都在寻找合适的时机，同那个女孩复合。

“他应该没和她说明当初分手的原因，但他嘴巴甜，把宋姝静哄得挺开心，两人又好上了。再说宋姝静可能也一直没忘了他，所以他们两个重新走到一起，也不是什么稀奇事。我很为他们感到高兴。”

刘林东语气沉重起来：“真的。

“后来发生的事情，谁都没有想到。

“两个人重新开始了甜蜜的爱情生活。卸掉了心头的大石头，韩东升也恢复了活力。不知不觉，宋姝静已经到了毕业的时间。她成绩优异，找工作不是问题，很快就拿到了一个不错的 offer（录取通知），只等毕业离校了。两人的感情也已经步入正轨，他们一同憧憬着幸福的未来。

“那段时间，韩东升工作比较忙。他除了办案利索，文字功底也很好，所里有些上报的材料我就安排给他写了。这也有好处，一来他不用整天去社区跑来跑去的，相对比较轻松；二来他可以把没写完的公文带回家写，不至于耽误下班。

“就在这时，宋姝静出事了。”

刘林东接着说：“我是因为第二天韩东升没有按时来上班，所以才发现事情不对劲的。这不是他的作风。按韩东升的性情，就算生病他也会提前发个信息给我。我打了十几个电话他都没接，当天下午他才终于打电话过来。一听到他的声音，我就知道出事了。小韩嗓子沙哑、声音低沉，充满着伤心和绝望。”

刘林东说到这里停了下来，半天没说话。我大概已经猜到了后续，但不忍心说出来。

沉默了半天，我还是打破了这份寂静：“是不是宋姝静被人伤害了？”

刘林东看看我，说：“不是，她吸毒了。”

我一下子瞪大了眼，问：“这怎么可能？听你的意思，她不像是那种人。况且有韩东升，他也不会让这种事情发生。”

“防不胜防啊。”刘林东说，“她是被动吸毒。据小韩说，宋姝静毕业前几天，班上的几个女生非要邀请她去当地一家很出名的夜店玩。

“刚开始她拒绝了，但经不起同学们撺掇。另外，她从来没去过那种地方，觉得好奇，于是就被几个女生拉着去了。但她说好要早点回去，见识一下就走。

“没想到，就这一次，出事了。

“现场非常喧嚣，音乐震天响，五光十色的灯照得周围明暗不定。满屋子都是人，挤得满满当当的。夜店里什么人都有，都在汗流浃背、摇头晃脑地乱舞。宋姝静一个文静的女孩，哪里见过这种阵仗？她当时就有点慌，转身准备出去，却被那几个女生拽回来了。

“就这会儿工夫，有几个年轻的男子端着酒过去，其中一个说是她同学的表哥，借花献佛，要敬几个女孩酒。

“小宋当然不会喝，但她的同学有几个一看就是经常出入这种场所的，毫不避讳地和对方对饮起来。宋姝静受不了这种气氛，想走又觉得有点不合适，只好假意敷衍。

“旁边几个女孩很快就融入了这种氛围，喝得横七竖八的，还有几个下舞池跳舞去了。只有一个叫吴倩的和宋姝静情况差不多，两个人都是第一次来这种地方，完全没有经验，脸上挂满了惊慌失措。她俩趁几个女生推杯换盏的工夫，借口去卫生间，出门透透风。

“两人在门外商量了一会儿，想走又觉得不太好，怕伤了同学感情，纠结了半天，最后打算回去打个招呼就离开。

“两人在外面聊了十几分钟，回去之后宋姝静感到口渴，但桌子上除了各式各样的酒，就只有刚才自己喝剩下的半杯水。她想到韩东升叮嘱过她，在陌生人多的场合离开回来后，不要再喝原来杯子里的东西，于是她就招手叫服务生，想再要一杯水。

“就在这个时候，对面几个男人中的一个人突然递过来一罐可乐，热情地说是刚才看她没喝酒，特意给她要的。

“宋姝静礼貌地拒绝了，可是对方一再坚持。看对方是个温和的男生，衣着平常，胖胖的，一脸笑容，不像是坏人，而且可乐是没有开封的，她就接过去，打开喝掉了。”

我的心一下子沉了下去，不自觉地说：“坏了。”

刘林东点头：“刚喝完不久，宋姝静就明显感到不舒服，头晕、心慌、恶心。据她回忆，那时她有种飘乎乎的感觉，看什么都像是隔着一层雾，眼前还有五光十色的东西晃来晃去的，想站起来又没有力气，脑袋轰轰响，感觉疼得要炸开了。要不是当时韩东升打电话过去，事情就不可收拾了。”

“韩东升知道还让她去那种地方？”我说，“按他的性格，肯定会全力阻拦的。”

“坏就坏在这里。宋姝静没有告诉韩东升她那晚的去向，那通电话是韩东升按照习惯打来的。当时电话是那个叫吴倩的女孩接的，据她说，宋姝静已经失去行动能力了，而且言行开始失常。她吓坏了，赶紧告诉了韩东升。

“韩东升飞一样去了现场，一个背摔直接把给宋姝静可乐的那人摁在了地上，后面就是例行抓捕了。

“毒品是他们用针孔注射进去的。他们专门对这种经验浅薄、警惕性差的女孩下手，等到对方吸毒成瘾，为了得到毒品，自然会对他们言听计从。这次如果不是小韩电话去得及时，后果简直不堪设想。

“小宋警惕性已经不低了，还知道换水，有两个女生甚至完全没有防备。没想到小宋还是着了道。”刘林东骂了句脏话，脸色阴沉。

“我在队里听说过这个案子。”我说，“判得很快，定性准确、量刑很重。没想到……”我咬了咬牙，问，“这事和那个任磊有没有关系？”

“说实话，现在都不能确定。”刘林东皱起了眉头，说，“我们进行了审讯，可没有在犯罪链条上发现牵扯到任磊的线索，物证方面和他也联系不上。种种迹象表明，这似乎是两件不相干的事情。可涉毒案件背后的情况太复杂，盘根错节中充满了恶毒阴险的诡计，很难说这两者有没有什么关系。”

刘林东叹了口气：“不过这些对小韩来说，都太晚了。宋姝静的前途被毁了，她在家里戒不掉，被小韩强制送到戒毒所，现在还在里面。其他的我也不多说了，你也是老刑警，想必很清楚吸毒后的状况。”

我当然清楚，每个吸毒者背后都有一个惨绝人寰的悲剧。光是“她在家里戒不掉”这一句话，就意味着宋姝静会经历令人难以想象的各种戒毒方式，对家人也是一次沉重的打击。

说实话，毒品一旦成瘾，想要戒掉几乎是不可能的，“一朝吸毒，终身戒毒”这句话可不是说说而已。宋姝静被人下毒，想要摆脱谈何容易？

刘林东的每句话，都预示着宋姝静家庭的灭顶之灾，以及韩东升的自责和痛苦。

刘林东接着告诉我，宋姝静在戒毒所受到严格的管理和治疗，情况已经有了很大的好转，但毒品的心理成瘾才是最致命的，一旦她脱离了戒毒所，很难说会变成什么样子。韩东升现在隔几天就去那里探望她，给她鼓励和安慰。

现在事情反了过来，宋姝静主动向韩东升提出了分手。

这个决定固然令人痛苦和无奈，但实事求是地讲，现在的宋姝静对韩东升来说，的确是个沉重的负担。甚至连宋姝静的家人都被韩东升感动，劝说他放手别管了——经过无数次的失望，她的父母都已经对她能康复失去了信心。

这就是韩东升发生变化的原因。这件事残酷而真实，像一把匕首直插他的胸膛，刀刀见血。

我这才明白韩东升内心的痛苦，难怪他的性格发生了这么巨大的转变。

离开的时候，刘林东脸上充满了凝重。他轻轻地对我说：“有空你再找那小子出来聊聊吧。我是上级，你是师父，你说比我说有用。”

再次面对韩东升的时候，我却不知道说什么好。我们静静地坐了几分钟，最后还是韩东升先开了口：“你去找老刘了吧？”

我点头，说：“他和我说了你跟宋姝静的事。你别怪他。”

韩东升笑了：“我没和你说，只是因为怕你担心我。我怎么会怪他？”

我说：“什么时候有空，我和你去看看她吧。戒毒这种事情，心理康复比生理康复还要重要，多去看看是对她有好处的。你只要考虑清楚，我支持你。有事，你就跟我说。”

韩东升点了点头，说：“师父，上次我们结案的时候，你说的那句话我一直都记着，‘风再大，也永远不可能吹走太阳’。”他一字一顿地说，“别人说这话，我不会放在心上，但你说，我信。”

“你记着，这是个艰难的过程，你会受到很多打击和挫折。”我看着韩东升的眼睛说，“既然你决定了，就要有打持久战的思想准备。”

别忘了，现在是风最大的时候，而你，就是她的太阳。

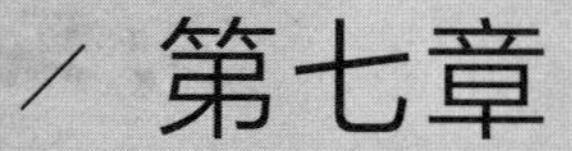

FENG MANG

TANG FENG TAN AN BI JI

凶手的人生：
犯罪背后的人性深渊

唐风探案笔记

第 1 节

她为什么非要坚持学美术

因为工作变动，我被单位派出去培训过一段时间。

培训期间，我有幸接触到了一位著名的心理学家，我俩畅谈之后，对方给了我非常大的启发。单位要求我在这次学习后提交一篇论文，这让我有了一个大胆的想法。我想从我办理的案件里选择一个，研究一下犯罪心理，借这个机会写一篇相关论文。

为此我专门请教了一位资深心理学家。他告诉我，研究犯罪心理最重要的一点就是要亲身调研，这样才能对罪犯行为做深入细致的研究，如果有条件，最好去他们生活、工作甚至成长过的地方，听他们人生历程中的那些过往者的讲述，抽丝剥茧地对其行为进行全面分析研判，从中推断导致犯罪人格产生的蛛丝马迹。

很多罪犯看似匪夷所思的行为举止背后，其实都有成长中各种经历的影子。

“每一个生命都有它的轨迹。”他说，“同样，每个深渊都是由浑浊的水滴积聚而成的。”

带着这句话，我选择了一个女犯人作为研究对象。

这个女人的案子在我经手的案件中算不上最离奇，却是最让人难以理解的。

案子已经审结，因为事实清楚、证据确凿，她很快就被审判完毕执行死刑。

也就是说，这个女人，已经死了。

案子是我破获的，初审也是我负责的，但后期细致的案情复原我没有参与。结合在现场时对她的感受，以及查看后期审讯的录像，我不由得对她产生了浓厚的兴趣。

到底是什么原因促使她产生那样看似随意的杀人冲动，又做出如此疯狂、极端的行为？

带着这些疑问，我选择了她的家乡，一个以江南风韵闻名的城市作为第一站。

她的母亲已经七十多岁了，脸颊消瘦，但看上去还十分精神，白发被整齐地绾在脑后，一双眼睛很有生气。只不过她表情冷淡，不像是个和气的人。

我出示了自己的证件和有关部门开具的介绍信，简单说明了自己的身份。

在这个女人的案子移送检察院之前，我和她的家人没有见过面，所以老人并不认识我。

考虑再三，我没有说明这个案子是我亲自破获的，以免对方因情绪激动而中断这场会面。我只说自己是做犯罪心理研究的研究人员，想跟她谈谈她的女儿。

初次以调研人员的身份接触犯罪者家属，我很紧张，担心老人一听是警方的人就把我拒之门外。那个女人虽然罪无可赦，但毕竟是人家的骨肉，很难说老人会不会当场和我翻脸。据那位专家说，当面破口大骂甚至要动手打人的罪犯家属她见过很多，因此我已经做好了吃闭门羹的准备。

但我想多了。老人看了介绍信一眼，就客气地把我迎进屋去，甚至都没有问一下我和这个案子有什么关系。

我刚一落座，她就略带伤感地说："你能来，我还是很高兴的。孩子不在了，我以为这个世界上除了我不会再有人关心她了。不管怎么样，还有人惦记着她，我心里还好受些。"

她说："你看看周围，都空了。除了我，这个家没人了。她的父亲已经去世了，这个家现在很冷清。提起女儿，我都觉得好像是很久以前的事了，就从她小时候说起吧。

"我们家经济条件一直还算可以，所以女儿没在物质上吃过亏。应该说，从她小时候开始，她就已经是同龄人中物质条件比较好的了。我和她的父亲都是从事文化工作的，我在中学教书，她的父亲在一家杂志社做副职。

"年轻时我和丈夫追求自由的生活，一直没要孩子，所以生她的时候我已经算是高龄产妇，差点搭上了性命。为了表达感激，我们给孩子取的乳名为‘思惠’，意思是要记得上天的恩惠。

“思惠从小就是个机灵的姑娘，善解人意、聪明伶俐，我们又是老来得女，自然视思惠为掌上明珠，所以思惠从小就没吃过什么苦。”

“她小时候学习怎么样，成绩好吗？”我问。

老人眼神晶亮，似是来了精神：“当然好。别忘了，我可是老师。我对思惠的学习非常上心，管她管得很严。她的父亲脾气柔和，管教孩子这种事一般都是我来。”

她停顿了几秒钟，接着说：“思惠从小就很怕我。我的确对她的学习钉得比较紧，方法上也有些生硬。现在想想，如果我当初不对孩子的学业要求那么高，我们之间的关系或许还能好些。”

我忍不住插了一句：“这么说，您跟思惠的关系不太好？”

“谈不上不好，”老人说，“就是有些疏远。后来不知道怎么了，她回家都不怎么和我说话，倒是有时候会去她爸那里嘀咕几句，但对我就一直敬而远之。虽然我希望她能多跟我说说话，但我这人不太会亲近人，倒也不觉得多难受。只是有时候时间长了没见，我有些想她，但她回家了，我又不知道说什么好。”

“她的父亲是什么时候去世的？”我问。

“思惠上高中的时候。”老人说，“思惠就是那个时候进入叛逆期的。高一的时候，她的父亲脑梗，躺在床上起不来，我跑前跑后，足足伺候了他两年，最后也没能留住他，他就这么去世了。高二的时候，思惠叛逆得厉害，跟我一言不合就大喊大叫，我没少因为这事和她生气。奇怪的是，她在她爸那里从来都是细声细气的，像换了个人。”

老人叹了口气，接着说：“她和我彻底闹僵是因为高中分班，我们都没想到她居然想去美术班。这可气坏我了。学美术有什么好的，学个正经专业不好吗？所以我当时坚决反对。没想到她一气之下，离家出走了。”

“后来呢？”我问，“她自己回来了？”

“哪里？我去请回来的。她在叛逆期，我还是很担心她做出什么傻事来。这孩子骨子里有种狠劲，她小时候我就看得出来。有一回我要把她的玩具送给一个朋友家的孩子，她不同意，当着人家的面一把抢回玩具，死活不肯松手。我生气说了她几句，她竟然把玩具往地上一扔，一脚踩碎了。

“我说不动她，只能叫她爸多劝劝她。虽然当时她爸躺在床上动不了，但还可以说话。我指望她爸能劝她回心转意，没想到她爸细问了一番，最后却表态支持她。当时她得意扬扬地看着我，可把我气坏了。

“后来她如愿以偿学了美术，还考上了一所非常有名的大学——这你应该知道吧？”老人问。

“我知道，在北京，确实是所好学校。这么说她挺争气的。”我用手里的笔点了点笔记本，说，“两位也教育得不错。”

“不好说。当初我们在教育她的方法上肯定是有所欠缺的，但让我说，我也说不出哪里不对，可能是不太顾及孩子的感受吧？”

老人有些感慨。

来之前，那位专家建议我从几个问题入手，以便更快地接近真相，于是我问："她小时候有过非常好的玩伴吗？"

"没有。"老人抬头说，"很奇怪吧？思惠从小就喜欢一个人玩。如果有小朋友主动找她玩，她还会表现出很紧张的样子。可能我跟她父亲都是这种不爱热闹的个性，所以也没觉得奇怪。可亲戚邻居们都说这孩子有点怪，性格孤僻。哪有几岁的孩子不爱结伴玩的？"

"你们在她小时候跟她有过亲密的互动吗？比如亲亲她什么的？"我问，"或者很多父母都会做的那种逗孩子的方法。"

老人的脸色突然变了。几乎是一瞬间，她的脸上露出一种很奇怪的表情，虽然转瞬即逝，但我立刻感觉到了不对劲。当然，我没有表现出来，只是将眼神挪开，等着她开口。

"没有。"她说，"说实话，别说是跟孩子，我和我的爱人平常都客客气气的，很少做这种比较亲昵的行为。"

我想了想，又问："您刚才提到思惠小时候常常主动和你们接近，那长大之后呢？"

"很少了。"老人说，"她变成大姑娘了，当然就不像小时候那样了。她的父亲还在的时候，她和她的父亲走得比较近。但她的父亲去世之后，她就变得沉默寡言。"

"那她的父亲去世之后，您和别的亲戚还有走动吗？"我问，"毕竟您是个女同志，又带着个孩子，很多事不方便做，没有人过来帮帮您吗？”

“不需要。”老人冷冷地说，“我自己能干，思惠很懂事，我们完全有能力生活好。”说到这里，老人站了起来，脸上不带一丝笑容，“我累了，今天就谈到这里吧。”

我看她摆出一副送客的样子，连忙赔笑着告别，就这样结束了谈话。

很明显，这个老人隐瞒了什么。我心里清楚，自己最后的几个问题，触碰到了老人埋藏在心底的伤疤，这才是她急于结束这次谈话的原因。

当然，要勾勒出思惠的人生轨迹，仅靠她的家人是不够的，这就是我找到她的初中同学的原因。

我面前这个叫姜玲的女人是思惠中学时的闺密，现在在一家商场做柜台销售。

我和思惠的初中班主任谈过之后，没有得到什么有价值的线索，但她推荐了姜玲。据思惠的班主任说，姜玲是思惠在中学时期唯一一个始终形影不离的同学，她俩不仅初中是同学，高中也在一个班。

我和姜玲见面后，姜玲非常拘谨和紧张，我反复强调自己不是来调查她的，她才稍微平静了一些。不过依我看，她并没有弄清楚我这次来的目的，直到访谈结束，她应该都不知道“犯罪心理研究”是怎么一回事。

事实上，让姜玲以为我是办案人员也没什么不好，这让她聊天的时候始终保持着一种聚精会神的状态。而且我能够看出来，她说话很谨慎，生怕说错一个字。

可能是她的性格比较外向，我们聊了几句后，她的话也越来越多，我离真实的思惠也越来越近了。

当我问到她和思惠的关系时，她显得很难堪，毕竟对方是个杀人犯，在她看来，这显然难以启齿。好在我问起这个的时候，没有直言她们的关系，只是问了问她们当时的学校生活。

姜玲的神色缓和了起来。这个三十多岁的女人像是瞬间回到了天真烂漫的中学时代，变得眉飞色舞。

"她那时可受欢迎了。"姜玲说，"其实我是有点嫉妒她的，但没办法，思惠太好看了——我就叫她思惠，这个地方小，十几年前大家的父母都认识，我叫她乳名也没人在意，还显得亲切。

"很多男生下课之后都在操场边上偷偷地看她，我和她在学校周围走的时候，还听到过有人轻声喊她的名字。"

回忆起这段往事，姜玲不自觉地笑起来。可能觉得不太合适，她又板起了脸，说："她从来不停下脚步，就是闷头往前走，不过脸上会挂着浅浅的笑。那个时候多好啊……"

姜玲忍不住叹息一声："没想到她会变成……我听说了她的事都不敢相信，当初多好的一个女孩啊！"

"她那时性格怎么样？开朗吗？"我问。

"谈不上。"姜玲说，"她挺安静的，有时会笑，但不大声。特别是要升高中的时候，她像是有心事一样，整天愁眉苦脸的。

我问过她什么事情，她也不说。不过那个年纪的女生大部分是这个样子，总有些小心思。小女生嘛，还不就是为了些鸡毛蒜皮的事？动不动就哭哭啼啼的。”

“听说上高中时你和她也是一个班？”我接着问。

“是啊。”姜玲说，“不过思惠是后来才来我们班的。我学习不好，父母也没指望我多有出息，学美术还能提高考上大学的希望，所以我在高一就直接去了美术班。思惠不一样，她学习成绩可好了，所以高二的时候她分到我们班，我特别吃惊，还专门问过她。”

“她说什么了？”我问，“我也觉得奇怪，她真的那么喜欢美术吗？”

“不是。”姜玲左右看看，似乎怕人听见，“她不是因为喜欢才学美术的。我俩在一个班，又经常在一起，可我感觉她对学美术没什么兴趣，倒是对文科挺感兴趣的。我还问过她，既然她这么喜欢文科，干吗去美术班。”

“然后呢？”我饶有兴致地问。很明显，姜玲知道原因。

“‘我妈太严了’——她当时就反复地说着这句话。”姜玲答非所问，“对了，警官，你和她妈谈过吗？”

“谈过。”我说，“但我感觉她的母亲不算太严，而且思惠的父亲有重病在身，她的母亲也没有工夫管她吧？”

“你错了。”姜玲皱了皱眉头，“我觉得她妈挺怪、挺狠的。思惠曾经和我说过，她妈从来不和她有什么亲昵的动作。你说普通人回家和妈妈抱一抱、拉拉手什么的都很正常吧？别说是女儿，就算是儿子，做这种动作也不奇怪。但思惠她妈不一样，如果思惠回家有这样的举动是会被骂的，她妈会说一些很难听的话，像女孩子没女孩子样什么的。晚上思惠脚冷，有时候靠到她妈身边去，都会被一脚踢开。你说这是亲妈吗？”姜玲接着说，“对了，思惠她爸不是有病嘛，思惠就总去照顾她爸，她妈竟然也不高兴，总是嘟嘟囔囔的。她妈有文化，倒是不骂人，但说话比骂人还难听。你说这算什么事？”

“我听她母亲的意思，思惠和她父亲的感情好像更好。”我问，“这是真的吗？”

“是的呀。”姜玲大声说，“她爸真的不错，别说思惠，我也挺喜欢的。他高高瘦瘦的，很斯文，也很和气。再说，思惠报考美术班的时候，她爸仔细地问过思惠的意见，确定她是真的想学之后，很支持她的！你别忘了，那个时候他已经动不了了，要靠思惠妈照顾的。思惠妈不同意你肯定知道了，她爸这样做是会得罪思惠妈的。”

“有道理。”我点头，“这么一想，她爸确实很开明、很不错。不过他们夫妻感情很好，不至于因为思惠爸支持孩子，思惠妈就给他吃什么苦头吧？”

“这个应该不至于。”姜玲说，“不过思惠妈就更不会给思惠好脸色看了。其实在那之前，她们关系就已经不好了。思惠妈对她的学习要求得可严了，思惠没考到班级前三名，在家里是要罚跪的，听说高中的时候考不好还要挨打。我初中时就知道这件事，思惠还给我看过她膝盖和身上的伤。这怎么下得去手？”姜玲吐了吐舌头，“幸亏我没有摊上这种妈妈，不然就我这学习成绩，我早被打死了。”

我问她：“但你说思惠不是很喜欢美术，那她到底为什么要学美术？后来你弄清楚原因了吗？”

怪事发生了。我把这句话问出口后，姜玲的脸上立刻挂上了一种奇怪的表情，像是难堪、无奈、愤怒和厌恶混合的表情。

诡异的是，这种复杂的表情我已经是第二次看到了。上一次，我是在思惠母亲的脸上看到的。

第 2 节

幸好当时他追求的不是我

好在姜玲对此毫不掩饰，只是愣了几秒钟，接着说：“思惠后来告诉我了，其实她不说，我也猜到了。”

我忍不住好奇地问：“这也能猜到？”

姜玲脸色铁青地说：“因为我也碰到了。思惠开始那个班的班主任姓马，叫什么我忘了，好像和思惠妈还有亲戚关系。这也是我当初觉得奇怪的原因。按说班主任是亲戚，在学习上肯定能够照顾一下思惠，思惠为什么要换班？搞不好思惠在那个班都是思惠妈安排的，就是为了让亲戚关照一下。

“但我万万没想到，姓马的是个很恶心的人。他是教语文的，有一次我们语文老师家里有事，让他代课。我虽然学习不好，但是语文成绩不错，还是语文课代表。那天我去办公室交作业的时候，办公室里就只有姓马的一个人在。

“我之前没去过那间办公室，所以进去之后不知道站在哪里好，就一直站在门口，结果那个人站起来把门关上，然后叫我到办公桌前把作业放好。我整理作业的时候，就发现他开始有意无意地碰我的肩膀，我躲了躲，他竟然开始拉我的手！”

我问：“你没呼救吗？”

“我当然叫了，但是被捂住了嘴巴。”姜玲的眼睛里蒙上了一层雾气，“然后他就把手伸进我的裙子里，想摸我。我那时候挺胖、挺壮的，情急之下一脚踩在他的脚面上，他疼得大喊一声跳开了。”

姜玲接着说：“我当时就跑出去了，一边哭一边往厕所跑。我担心他追过来，心想去女厕所他就追不上我了吧？其实他当时哪敢追我？后来再碰上我也是假装没看到我。”

我明白了，问：“思惠也碰到过同样的事？”

“比这严重。”姜玲说，“我后来和思惠在一起玩的时候，有一次骂起这个王八蛋，思惠没说话，过了一会儿才问我是不是被欺负了。我告诉她这件事了，没想到她一下子就哭了。

“那时我傻乎乎的，还想我被人欺负了，思惠有什么好哭的，没想到一问，思惠说这种事已经发生过不止一次了！他不是思惠的亲戚嘛，去她家里时，已经猥亵过思惠好几回了，要不是思惠拼命反抗，可能已经……”

“我懂了。”我说，“思惠没有告诉过父母吗？或者报警？”

“那么小的年纪，她哪里想得到报警？”姜玲说，“思惠倒是告诉她妈了，但她妈不但没管，还把她骂了一顿！这就是我到今天都替思惠感到不平衡的地方。这要是我妈，早打死那个王八蛋了！”

“那你为什么没告诉你妈？”我不解地问，“你不是也被欺负了吗？”

“我当时不是糊涂嘛。”姜玲懊恼地说，“小孩子懂什么？年纪小，也害怕。不过后来我和我妈说了，我妈说当时如果我和她说了，她可能也要犹豫一下的。那个王八蛋平时笑眯眯的，对谁都客客气气的，看着斯斯文文，可不像是会做这种事的人，还是个语文老师，谁能信？”

“思惠的父亲呢？”我问，“他知道吗？”

“我问过思惠。”姜玲叹了口气说：“思惠爸那个时候已经病了，思惠怕他知道了生气，影响身体，一直都没说。直到她爸过世，思惠才在她爸坟前哭着说了这件事。”姜玲怒气冲冲地说，“思惠妈当时也在，居然一句话都没说！”

“思惠妈和这亲戚……”我问，“没什么吧？”

“你问得还蛮直接的。”姜玲说，“我也怀疑过这点，还专门打听过，应该是没有。那个浑蛋只对小女生下手。思惠妈是个生性凉薄的人，再加上她家都是有文化的人，把面子看得很重。估计因为这个，她妈觉得思惠丢了她的脸。”

“后来那个姓马的怎么样了？”我问，“他不会就这么逍遥法外了吧？”

姜玲冷笑一声，说：“我们毕业几年后他就被抓了。他胆子越来越大，后来竟然强奸！判了八年，活该！因为这段经历，思惠整个高中时期一直都和男生保持距离。”

姜玲的声音低了很多：“我们高中蛮多男生追思惠的，但她始终没有交过男朋友。有个男生对思惠可好了，学习成绩也好，但思惠总是说学业为重，不能早恋什么的。但我知道，不是这个原因。”她苦笑着说，“我倒是想和人家好，人家没看上我。后来那个男生考到北京去了，上了很好的大学。”

我心里动了一下，问：“思惠不是也去北京上大学了吗？后来两个人有没有交往？”

“那我就不知道了。”姜玲说，“我没考上大学，高中毕业后就在这个小城找了份工作安顿下来，和思惠的联系也少了。后来我成家了，同学会我都不去，和她就更没联系了。我没想到再听到思惠的消息，却是……”

我想了想，问：“那个男生叫什么名字？”

“我想想……”姜玲咬着嘴唇想了几秒钟，说，“杨天翔，对，叫杨天翔。”

“对，是叫杨天翔。”关若菲点了点头，说，“当时那个追求她的男生，就叫杨天翔。”

关若菲是思惠的大学同学，两人一起住了四年。

据关若菲说，那个叫杨天翔的男生从大一开始就不时出现在思惠的生活中。

他虽然不像美院的个别男生那样明目张胆，但也是很明显地在追这个漂亮的女生。他经常约思惠出去逛街或者去公园玩，每次都捧着一束花站在女生宿舍楼下等思惠，后来思惠的同学都认识杨天翔了，一看到他就开始起哄。大家这样，他也不恼火，还笑嘻嘻地冲大家挥手。

“惠惠那时可高傲了，军训的时候就有人追她了，但都没成功。”关若菲看我诧异地看着她，解释说，“怎么了？我们宿舍的人都叫她惠惠。她有一次给家里打电话，乳名被我们听到了，后来大家就都叫她惠惠了。女生之间总是要互相起个昵称的嘛。不过我们只会在宿舍这么叫她，在公开场合还是叫她的大名。”

“后来杨天翔成功了？”我问。

“对，真不容易。他追了足足两年。我们都以为他会放弃的。因为惠惠始终没同意，杨天翔送来的东西也都被退回去了，他好多次提出约惠惠出去玩，但惠惠一次都没去过。

“说实话，换我我是顶不住的。杨天翔挺帅的，个子高高的，人蛮清秀，除了不太爱说话——后来我才知道，这竟然是他装的，其实他最擅长花言巧语。他每次来约惠惠的时候，我们都在窗口一脸羡慕地看着，心想要是有这么个帅气的男生追我就好了。

“现在想起来，一身冷汗。幸亏他没有追我，真是老天眷顾。”

我一惊：“什么意思？杨天翔对思惠不好吗？”

“好？”关若菲冷笑一声，说，“惠惠坚持了两年，始终没敢迈出那一步，最后终于放下戒备，没想到还是被骗了！”

关若菲说：“才大四上学期，那人就变心了，之前的甜言蜜语都不见了。他除了找惠惠要钱，一个月也来不了一次。”

“变得这么快？”我有点吃惊，“他不是追了思惠两年吗？”

“男人就是这么善变。他估计是拿惠惠当猎物呢，追上了就不值钱了。”关若菲说，“连我都因为这个人渣对男人产生阴影了。谁都没想到他竟然是个那么喜新厌旧的人。惠惠自从答应和他交往之后，完全把自己交给了他，连他的内衣裤都是惠惠洗的。你能想象吗？她可是有轻微洁癖的人，平时有女生不小心坐了她的床，她都会把床单换下来洗干净！我们都感慨，平时那么冷傲的一个人竟然变得这么卑微。他们打电话的时候，我听惠惠的语气，好像她上辈子欠了杨天翔一样，唯唯诺诺的，生怕姓杨的对她不满意。”

“轻易不敢敞开心扉的人一旦接受了一个人，就像老房子着火，一发不可收拾。”我叹了口气说，“这可不是好事。她付出得越多，受伤越深。”

“可不是？”关若菲轻声说，“后来我们都看不下去了，全宿舍的人都在劝惠惠分手。我就没见过这么差劲的男生。惠惠家境挺好的，杨天翔明显知道这点。自打交了惠惠这个女朋友，他就像一只吸血的蚂蟥一样整天缠着惠惠，找她要钱。惠惠的生活费很快就没了，她不好意思总是跟她妈要，就接点广告公司的活兼职挣钱。

“那个时候，惠惠每天晚上都忙到很晚，整个人状态特别差。她满心以为是在为爱情加班挣钱，结果钱竟然被那个人渣拿去泡妞了，等到惠惠发现，那个浑蛋居然直接提出了分手。”

关若菲说到这里沉默了，很久都没有说话。我静静地等着她，过了好一会儿她才接着说：“惠惠彻底被这个浑蛋毁了。我从来没见过她那个样子，每天像疯了一样，魂不守舍地在宿舍里躺着，也不洗脸梳头，什么都不干，像女鬼一样蜷缩在床上。如果不是我们宿舍的人轮流给她打饭，估计她已经饿死了。我说过，她是有点洁癖的，平时最受不了的就是邋遢，现在她自己却变得这么邋遢，可以想象她受到了多大的打击。没办法，我们每天在宿舍里留一个人照顾她，其他人回来之后给那人补课，就这样持续了下去。”

“你们宿舍的人真是不错，”我不禁说，“够仗义的。”

“确实是。现在想想我们太牛了，竟然能在那种情况下坚持完成学业，顺利毕业。你可别以为从美术院校毕业就很容易，其实从我们学校毕业比从一般的大学毕业难多了。最后那段日子，我们真是过得晨昏颠倒、昏天暗地，我现在想起来都佩服自己。

“不过就算这样，还是出事了。”

关若菲拭了一下眼角，说：“那天正好是我陪着惠惠。那个时候她已经有所好转了，知道下床吃饭，但还是提不起精神。而且谁都不能刺激她，她见不得别人秀恩爱，不然就尖叫一声缩到墙角，搞得我们宿舍的人谈个恋爱跟做贼一样。但我们知道她是有理智的，因为有一天晚上我起来给她掖被角，听到她轻轻地说了声谢谢。她什么都知道。

“惠惠睡上铺，那天我看她下床吃了早饭，又缩进自己的上铺开始听 MP3（音乐播放器）。我也不知道她在听什么，反正她一天到晚耳朵上都戴着副耳机。我当时也没在意，在底下的书桌上练笔，过了一个多小时，我也没听见上铺有动静，习惯性地抬头看了一眼，就觉得不对劲。

“惠惠蜷缩在床上一动不动，也没有任何声音。她平时这个时间不是这样的，通常不会睡觉，会坐在那里茫然地看着窗外，我都能听到上铺传来的她变换姿势时压到床板的声音。

“我个子高，就站起来踮脚往上铺看了一眼。她还是呈一副睡觉的姿势面朝里躺着，黑色的蓬松头发乱糟糟地散在床上，我搬个凳子伸手过去晃了晃她，她没任何反应。我一下就心凉了，猛地掀开被子，吓得一哆嗦。

“满床都是血，底下的垫子都湿透了。

“当时我就疯了，拿起电话来按了好几遍都按不对号码，一边哭一边拨打 120，整个人手脚冰凉。”

关若菲咬紧牙关说：“好在惠惠运气好，我发现得早，惠惠救过来了。后来我们都不敢让她睡上铺了，逼她换到下铺，方便时时过去看看她，以防不测。

“学校也开始重视了，可也没法处理她，更不敢劝她退学。本来学校想给她准备一个单间住，被我们拒绝了——这不是在给她创造自杀的机会吗？后来在我们的坚持下，惠惠一直住在我们宿舍，直到毕业。

“本来我们以为毕业前也就这样了，还在犯愁毕业后惠惠怎么办。她肯定是不可能毕业了，但我们还得按时毕业。学业倒没问题，我们能够自己解决，但毕业之后谁去照顾惠惠呢？我们把这事告诉她妈的时候，感觉她妈好像也不是很担心她，她出事后她妈都没来学校看一眼，只是隔几天打个电话问问我们她是不是平安。就这种电话，她妈持续一个月之后也没有打过了。

“惠惠的妈妈，真的让我很意外。”

关若菲摇头：“坦率地说，我觉得她妈其实并不爱她。她的父亲我不清楚，听说过世了。她出了这样的事情，至少她妈也要负一部分责任。”

我点头，表示同意，然后继续问：“最后这个问题是怎么解决的呢？”

“这就是最神奇的地方。”关若菲的眼睛突然睁大了，“我们做梦都没想到，毕业前两个月，有一天惠惠突然下床开始梳妆打扮。我们当时都看傻了。我们宿舍的三姐还摇晃着我的手说‘看见了吗？这是惠惠！她居然在化妆？你看见了吗？’，可把我笑死了。惠惠转过头看着正在笑的我们，轻声说‘你们怎么了？有饭没？我饿了’。”

关若菲说：“吓死我了。真的，当时我全身鸡皮疙瘩都起来了，总觉得像见了鬼一样。但我看惠惠那个样子又很正常，像是没出事之前一样，说话做事都恢复了之前干净利索的风格。不，比以前还要干净利索。她的性格也有了很大改变，说话开始大声了，有时候高兴了还放声大笑，活泼外向了很多。我们虽然都觉得奇怪，但都挺开心的，毕竟她终于熬过去了。有一天还是宿舍的三姐说了一句话，把我给吓着了。”

“说什么？”我问。

“三姐是东北人，很豪爽，说话不过脑子，直言直语，但句句切中要害。那天惠惠正因为一件什么事情，像个疯子一样在狂笑，三姐吃着橘子，一脸严肃地跟我说‘你说我们到底是不是把惠惠救过来了？我怎么觉得这丫头像是换了个人似的，看着那么瘆人呢？’。

“她说得挺对的。”

关若菲一脸严肃地继续说道：“其实我也有这种感觉。什么感觉呢？就仿佛这个惠惠只不过是个躯壳，里面的人已经不是原来的惠惠了。”

关若菲突然来了精神，兴致勃勃地说：“这还不是最奇怪的，高潮是惠惠重新像个没事人一样，又去找杨天翔了，完全看不出来恨他的样子，对他跟以前一样温柔。

“我们当时都觉得她要么是疯了，要么就是在犯傻。所有人都看不起她，觉得这个女生真是无可救药。结果谁都没有想到，她后来干了件事，让我们大跌眼镜，也是这件事情让我们发觉，她是真的变了。”关若菲的脸色阴沉下来。

我心里一凉，有种预感，好像要触摸到问题的核心了。

“那个时候杨天翔也快毕业了，他之前不知道已经换了几个女朋友，早就把惠惠忘到九霄云外去了。惠惠去找他的时候他还很紧张，以为惠惠是去找他算账的，不过看到惠惠那副不争气的样子，他很快就恢复了之前趾高气扬的模样。

“那个时候他们学院的女生都知道他是什么货色了，没人愿意接近他，惠惠这个时候去，简直就是送上门的肥肉。他像条饿狼一样重新开始用花言巧语哄骗惠惠，找她要钱，而惠惠几乎是有求必应，满口答应下来。

“过了没多久，我们就被杨天翔的视频刷屏了——校内论坛有段时间都是他和惠惠的那种视频。

“不过惠惠特意把自己的脸遮上了，将声音做了处理，所以一般人是不知道那个女生是她，但我们很清楚。宿舍里的女生都一起去过很多次浴室了，对彼此的身体可太熟悉了，惠惠身上哪里有颗痣我们都一清二楚。

“杨天翔光着身子一副贱样就不说了，关键惠惠还诱使他在床上说了很多他们学校的坏话，甚至还说了学校里几个教授、系主任、导师的一些桃色传闻。杨天翔把那些人贬低得一无是处，真不真先不说，话说得可是恶心极了，视频播放得一清二楚。

“这还了得？他们学校迅速开除了杨天翔，然后发了一通公告澄清了那些乱七八糟的事。他们学校的那些破事，我们也不关心，不过杨天翔被开除可是大快人心。要知道他学的那个专业，业内很看重人脉，学校的那些人在业界都是有地位的人，就凭他在视频上说的话，至少在这个行当，他的饭碗算是被自己砸得粉碎。

“这招太狠了，他们几乎算是同归于尽。放在之前，别说是惠惠，就我这性格泼辣的，这事也连想都不敢想。没想到惠惠不仅做了，而且眼睛都不眨一下，还神态自若地在图书馆学习。

“杨天翔当然不会罢休，把狠话说到天上去了。不过他是只纸老虎，没有一点真本事，只好四处传播说视频里的女生就是惠惠，想让惠惠名声扫地。”

“有人信吗？”我问，“毕竟这视频应该是思惠录的，别人也无法求证。”

“当然有人信，这种事关心的人才多呢。何止是信，甚至还有人嬉皮笑脸地找惠惠求证。

“但惠惠表现出了强大的心理素质，她不说话，就笑笑，死盯着对方看，直到看得那些人毛骨悚然地走开。

“开始的时候说慧慧什么的都有，当然也有在慧慧背后指指点点的，甚至连我们去浴室都有人盯着惠惠的身子上下打量。

“惠惠面不改色，该干什么干什么，既不反驳，也不承认。毕竟别人也没证据，就这么过了一段时间，慢慢地就没人提这事了。

“惠惠从来没在我们面前提过这事，但我们心里清楚，那就是她，毕竟那个熟悉的身体我们是不会看错的。大家小心翼翼地不在她面前触碰这个话题，学院里有男朋友的女生也都绕着惠惠走。说实话，从那以后，我们都对惠惠产生了一种畏惧感。虽然她还是和以前一样笑容可掬、清丽可人，还是和我们一起上课、吃饭、逛街，但我们彼此之间的姐妹情和亲近感再也找不回来了，被一种说不清、道不明的感觉替代。

“谁也看不透惠惠的内心，大家隐隐地感觉到恐惧，知道无论如何，千万不要得罪她，因为说不定哪天，她就能做出让人意想不到的事情来。

“后来她杀人了，我一点都不吃惊。我觉得，从她恢复正常言行的那天起，她就已经变了。”

不错。我在心里默默说：那个时候，原来的思惠已经不在了，世界上多了一个绝望到被仇恨占据了心灵的女人。

“后面的事情你应该知道了。”关若菲说，“惠惠毕业后自己开了个画廊，我听说她一直靠卖画和接一些散活为生，直到……发生那件事。”她犹豫了一下，说，“说实话，我挺庆幸自己和惠惠各奔东西的，我真的有点怕她，不是因为她杀人了，在此之前我就感到害怕。她像是一个深渊一样，一眼望不到底，让人胆战心惊。”

这是我第二次听到“深渊”这个词了。

从专家嘴里说出来，有种学术性的气息，但从关若菲的嘴里说出来，却有种宿命般的沉重感。

我用了一周时间详细地整理了手头的资料，写出了一篇论文。文中阐述了家庭环境、个人经历等诸多因素对性格的影响，以及如何在犯罪形成中起到种种不可替代的作用。

呈交完成之后，我长舒一口气，像是刚刚从一个四面封闭的铁笼子里被释放出来一样，充满了一种舒畅的清凉感。

每个深渊都是由浑浊的水滴积聚而成的。

我重新想起那位专家的话。生命从诞生到成熟，经历了难以计数的命运打磨，家庭环境的影响、个人的经历、成长的阵痛以及性格的磨砺，这些不可预知的细节和充满随机性的种种际遇，让我们每一个人都成长为鲜明的个体。

如果思惠没有一个生性凉薄的母亲，或者她开明温柔的父亲健康无恙，又或者她没有遇到那个道貌岸然、肮脏不堪的亲戚，又或者得知她被侵犯之后，母亲能够坚定地站在她这边并愤然报警。再或者，在她艰难地敞开心扉时，有一位善良、正直且爱她的男生给予她回应，这其中任何一个环节出现了些许的坚定和温情、包容和关爱，也许，她的结局都会不同。

但人生就是这么残酷,它的无情之处就在于一切都不能假设。

我不知道思惠在生命的尽头有没有悔恨过，但至少我面对她的时候，她表现得十分从容。

当她残忍地让一个她爱的男人目视着自己爱人冰冷的尸体的那刻，不知她是否想到了当年同样魂不守舍的自己。也许从她下决定的一瞬间开始，她就已经选定了这条注定无法回头的道路，哪怕赔上三个人的前程和命运。

我看着案卷上那个充满着水乡韵味的名字，仿佛站在了她崩裂成碎片的心里。我眼看着一个深不可测、水雾翻腾的深渊终于在嘶鸣和号叫中成形，黑暗的尽头传来一个摄人心魄的声音：

我邬静，从此再也不相信任何男人。

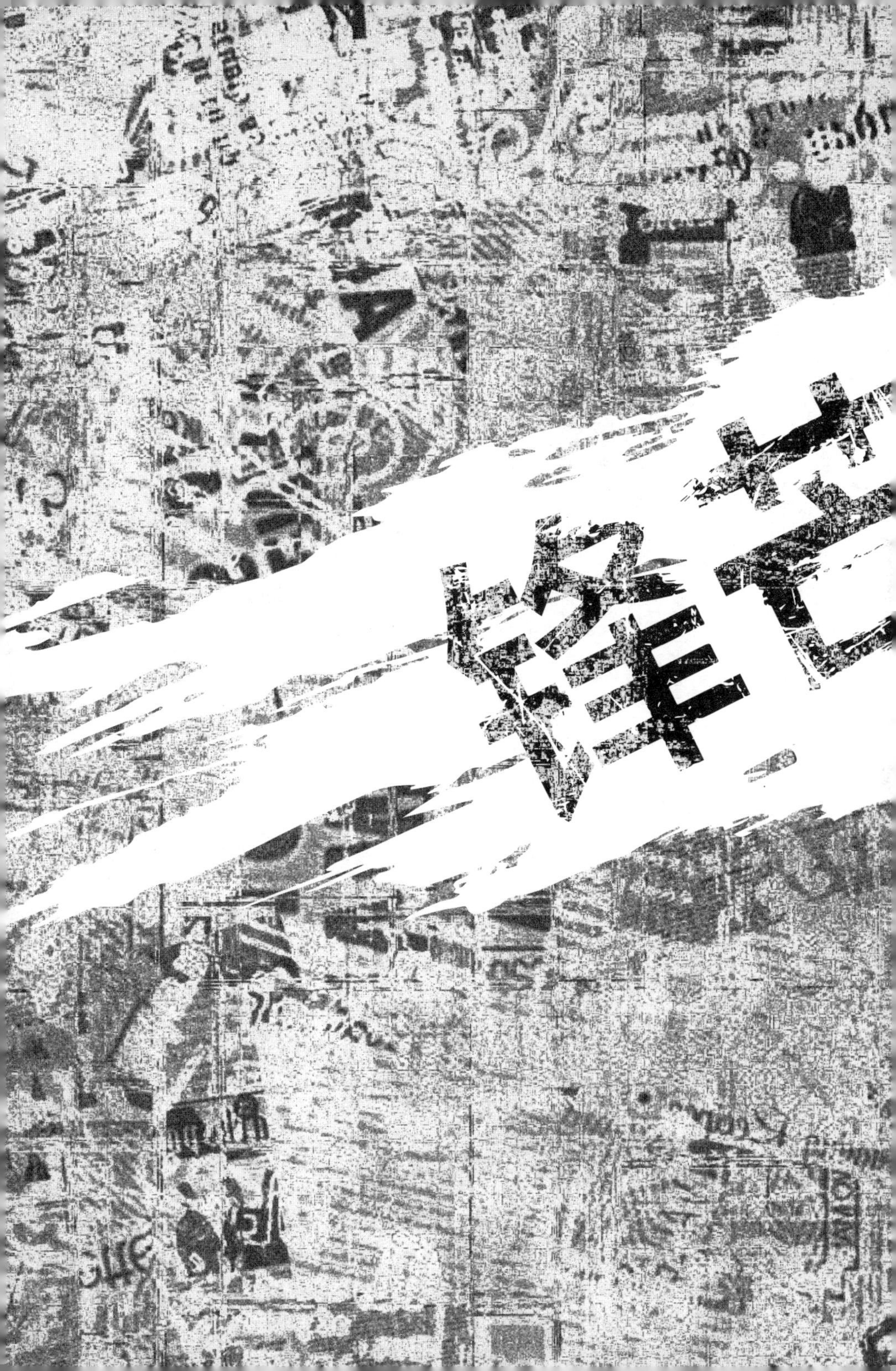
锋芒

“风再大，也永远不可能吹走太阳。”

“你以为漆黑一团的地方，总会有阳光照射进来。”